Esther Kiara de Angelo

Meine Herrn und ich
Erzählung (Großdruck)

Alle Personen und Geschehnisse dieses Romans
sind frei erfunden. Ähnlichkeit mit lebenden
Personen und tatsächlichen Geschehnissen wäre rein zufällig.

1. Auflage (Großdruck)
Copyright © 2013 by Esther K. De Angelo, Völklingen

Herstellung und Verlag:
BoD - Books on Demand, Norderstedt

ISBN: 978-3-7347-9152-9

1. Kapitel

Mein Name ist Esther Kiara de Angelo.
Ich bin 29 Jahre alt und lebe seit zwei Jahren wieder allein in dem Haus, das mein verstorbener Mann mir hinterlassen hat.
Ich wurde im saarländischen Püttlingen geboren, wo ich bis zu meinem Abitur, an einem Völklinger Realgymnasium, lebte.
Einen Tag nach dem Abschluss zog ich zu Hause aus, um an der Universität des Saarlandes BWL und Psychologie zu studieren.
In beiden Fächern habe ich ein Diplom erhalten.
Zurzeit studiere ich Jura, da ich der Meinung bin, dass es gut für einen Menschen ist, wenn man sich in Wirtschaft, Recht und den Köpfen der Leute auskennt.
Meine Kindheit und Jugend würde ich als „Gut" bezeichnen. Es könnte zwar immer besser sein, aber auch sehr viel schlechter. Es hat mir nie an etwas gefehlt.

Mein Vater hatte eine sehr dominante Ader – er hielt sich für den Chef in unserem Haus und führte sich entsprechend auf. Allerdings bekam dies meistens nur meine Mutter zu spüren und nur ganz selten meine Schwester Natalie oder ich.

Von Beruf sind meine Eltern Oberstudienräte an einem Saarbrücker Gymnasium. Ihre Fächer sind Mathe und Englisch.

Beide sind heute 54 Jahre alt und erwägen sich bald pensionieren zu lassen, damit sie noch etwas von ihrem Leben haben.

Meine Schwester Natalie ist zwei Jahre jünger als ich.

Sie lebt mit einem Konditormeister, der seine eigene Kette von Bäckereien besitzt, in Frankfurt am Main. Sie hat drei Kinder. Julian ist sieben Jahre, Nadine ist fünf und die kleine Klara ist drei Lenze jung. Eigentlich ist es überflüssig zu erwähnen, aber ich tue es trotzdem: Sie ist das Lieblingskind meiner Eltern, da sie etwas aus ihrem Leben gemacht hat und auch einen „anständigen" Lebenswandel besitzt.

Ich hingegen bin für meine Eltern seit etwa sieben Jahren tot. Damals hatten die mich mit meinem Freund Thorsten in einer Swingerbar gesehen, die sie selbst, aus den gleichen Gründen wie wir, besucht hatten. Leider haben sie ziemlich wenig Verständnis dafür, dass auch ihre kleine studierende Tochter ein Sexleben besitzt, auf das ich in den nächsten Kapiteln noch etwas ausführlicher eingehen werde.

Ich selbst habe vor etwa fünf Jahren meinen Herrn Thorsten G. geheiratet und mit ihm leider keine Kinder bekommen. Er starb vor zwei Jahren, als er in Berlin von einem LKW überfahren wurde.

Von Beruf war er Autor. Er hatte nicht schlecht verdient, sodass wir uns ein schönes Haus im Grünen bauen konnten, und abseits der Gesellschaft unser eigenes Leben, nach unseren eigenen Werten und Vorstellungen gestalten konnten.

Mit einem Wort: Wir waren glücklich!

So glücklich, wie es ein Paar nur sein konnte. Aufgrund seines Einkommens und der Tatsache, dass er zum Arbeiten niemals das Haus verlassen musste, konnten wir unser Leben ausschließlich in den eigenen 18 Wänden führen.

Seit seinem Tod lebe ich hier wie gesagt alleine. Bisher habe ich noch keinen Mann gefunden, den ich für Wert erachtet hätte, dass er die Nachfolge meines geliebten Thorstens antreten könnte. Männer wie er sind eben sehr selten. Oder kennt ihr viele Herren, die sich für ihre Frau einen Käfig ins Wohnzimmer stellen?

Nun noch zu meinem Aussehen:
Ich bin 1,74 m groß
Wiege 56 Kilogramm
Habe blonde Haare, die bis zur Gürtellinie reichen
Leuchtend blaue Augen

Schmale, helle Augenbrauen
Meine BH-Größe ist 75c
Ich trage rote, künstliche Fingernägel
Bin im Schritt immer rasiert
Habe relativ lange, dünne Beine
Und Schuhgröße 38

2. Kapitel

In diesem Kapitel möchte ich nun aufzeigen, wie es meiner Ansicht nach dazu kommen konnte, dass aus einer Tochter zweier Oberstudienräte, eine, manche würden sagen, perverse Frau wurde, aber ich würde es eher als Sklavin der Lust, in Form von Demütigung, Unterwerfung und Bloßstellung, bezeichnen.
Meinen ersten „sexuellen" Kontakt hatte ich, wie wohl die meisten Leute heutzutage, in einem Chatroom. Ich war damals 13 Jahre alt und neugierig, was da wohl so alles passieren würde.

An der Stelle möchte anmerken, dass es eine Sauerei ist, dass einfach jeder in einen Chat gehen und dann derartige Kontakte knüpfen kann. Es sollte GRUNDSÄTZLICH so sein, dass man zumindest seine Personalausweisnummer angeben muss, wenn man einen Sexchat betreten möchte!!!

Ich selbst hatte mir damals das Profil einer 18-jährigen erstellt, und mir ein entsprechendes Foto durch eine der vielen Suchmaschinen „geborgt", und schon war ich drin, in der Wunderwelt des perversen Sex.
Die einzige Warnung des Chatbetreibers lautete damals, dass Menschen unter 18 Jahren nicht erwünscht sind.
Na ja, wen interessiert es!?

Ich loggte mich also ein und gab mir beim ersten Mal den Chatnamen „Kiara18".
Es dauerte keine Minute, da waren die sieben privaten Dialoge, dich maximal gleichzeitig führen konnte, auch schon am Laufen.

Bemerkenswert fand ich damals, dass fast alle Männer immer die gleichen Fragen stellten. Sie wollten wissen, ob ich devot oder dominant bin. Im ersten Moment war ich sehr erfreut über das rege Interesse, das man mir entgegenbrachte – allerdings muss ich auch gestehen, dass ich mit der Gesamtsituation überfordert war, weshalb ich den Chat sofort wieder verließ. Ich wollte mir erst einmal einen Überblick, über all die Begriffe, welche die Männer so benutzten, verschaffen.

Als ich mich dann mit Wörtern wie dominant, devot, Sklavin etc. auseinandersetzte, war ich erschüttert.

Ich fragte mich, warum es Leute geben sollte, die so etwas machen wollten?

Dann fand ich unter dem Begriff BDSM Bilder in einem Onlinewörterbuch, wo Frauen auf einer Holzank gefesselt waren und ein Mann ihnen Nadeln durch die Brust gestochen hatte. Alleine schon der Anblick trieb mir die Tränen in die Augen. Ich schaltete den Pc sofort aus und legte mich auf mein Bett.

Ich versuchte mich wieder zu beruhigen, aber die Bilder und die Informationen, die ich da eben in mein Hirn aufgenommen hatte, ließen mich nicht wieder los.

Auf dem Schulhof wurde schon oft über Sex und so weiter geredet, wie es Jugendliche in dem Alter und mit ihrem Halbwissen eben tun, aber so etwas ist dabei noch nie zur Sprache gekommen.

Kurz darauf schlief ich dann ein.

Am nächsten Morgen bekam ich dann in der Schule meine zweite Mathearbeit für dieses Halbjahr zurück. Es war im Mai. Ich hatte eine „5-", was bedeutet, dass meine Versetzung in die neunte Klasse gefährdet war, da ich im ersten Halbjahr auf einer „4" in Mathe stand, und ich die erste Arbeit in diesem Halbjahr auch nur mit „4-" abgeschlossen hatte.

So musste ich mein Hauptaugenmerk in den nächsten Wochen auf die Schule richten, auch alleine schon deswegen, weil meine Eltern mir nur noch eine Stunde fernsehen am Tag und eine Stunde Internet an unserem, im Wohnzimmer stehenden, PC erlaubten.

So gerieten meine Gedanken über die devoten Frauen mit den Nadeln in den Brüsten in Vergessenheit, und ich widmete mich voll und ganz meiner Versetzung in die nächste Klassenstufe.

Kurz vor Schuljahresende, die Klassenarbeiten und die Zeugniskonferenz waren schon gelaufen, wurde ich 14. Es war ein ganz normaler Geburtstag, wie ich ihn schon öfter erlebt hatte. Es kamen ein paar Verwandte und ein paar Freunde aus der Schule und dem Sportverein, indem ich ein aktives Mitglied war.

Gegen 23 Uhr waren alle Gäste gegangen und meine Eltern schickten meine Schwester und mich ins Bett. Wir sollten sofort schlafen gehen oder noch beim Aufräumen helfen.

Ich denke, dass es völlig klar ist, dass wir noch keine fünf Minuten später in unseren Betten lagen.

Allerdings bekam ich noch mal etwas Durst, woraufhin ich mich entschied, in die Küche zu gehen, um mir ein Glas Orangensaft zu holen. Da ich hoffte, dass sich meine Eltern im Wohnzimmer befinden würden, schlich ich ganz leise die Treppe hinunter und erkannte, dass in der Küche kein Licht brannte, dass die Wohnzimmertür verschlossen und dieser Raum beleuchtet war. Also ging ich leise in die Küche und da sah ich etwas, was ich mein Leben lang nicht werde vergessen können!!!

Meine Mutter kniete vorm Geschirrspüler, war total nackt und musste die Teller vom Abendessen sauber lecken. Mein Vater stand vor ihr und hielt das Geschirr in Händen.

Ich blieb im Türrahmen stehen und beobachtete das Geschehen. Dann sah ich, dass die Hände meiner Mama am Rücken zusammengebunden waren.

Einen Teller nach dem anderen leckte sie ab.

Immer wieder lobte mein Erzeuger die Mutter dafür, dass sie das so gut machte, und er sagte ihr, dass sie ein braves kleines Mädchen sei.

Die abgeleckten Teller steckte er dann in den Geschirrspüler. Als sie alle verstaut waren, waren die Töpfe dran. Er stellte sie meiner Mama auf den Boden und sie musste ihren Kopf reinstecken und sie sauber/– beziehungsweise auslecken.

Als ich das sah, wurde ich total aufgeregt. Ich wusste nicht, ob ich meiner Mutter helfen sollte, ob das nun ein Spaß war, oder mein Vater ein böser Mann ist, der seine Frau misshandelte. Mein Herz begann zu rasen. Ich bekam Angst, aber ich konnte nicht weggehen. Was sollte ich bloß tun, wenn er mich erwischt? Wenn er sieht, dass ich das alles beobachtet hatte, und ich eine gute Zeugin für die Polizei wäre, welche die Aussagen meiner Mutter vollkommen bestätigen könnte – was würde er dann mit mir tun?

Dann aber geschah etwas, was mich einerseits noch mehr verwirrte, mir aber auch andererseits ein klein wenig Erleichterung verschaffte.

Als meine Mutter die beiden Töpfe „gesäubert" hatte, steckte mein Vater auch diese beiden in den Geschirrspüler und schaltete ihn ein. Dann hob er meine Mutter hoch und stellte sie vor sich. Er lobte sie. Meine Mama bedankte sich dafür.

Mein Vater erklärte ihr, dass sie sich nun eine Belohnung verdient hätte, woraufhin er ihren Oberkörper auf den Tisch drückte und ihre Beine spreizte, während er seine Hose gen Boden gleiten ließ. Da entschied ich mich dazu, mich in mein Zimmer zurückzuziehen, denn das wollte ich nun wirklich nicht sehen.

Als ich in meinem Zimmer angekommen war, legte ich mich in mein Bett und ließ das eben Gesehene noch einmal vor meinem geistigen Auge Revue passieren.

Es war immer noch so, dass ich einerseits Angst hatte, aber andererseits hatte ich an diesem Abend das erste Mal das Gefühl sexuell erregt worden zu sein. Jedenfalls ging mir diese

Situation nicht mehr aus dem Kopf. Ich sah immer wieder meine Mutter vor meinem Vater knien und die Teller ablecken. Ich fragte mich, was wohl passiert wäre, wenn sie sich geweigert hätte??

In meinem Kopf spielte ich verschiedene Möglichkeiten durch. Ich war geistig so in meine Fantasien vertieft, dass ich fast gar nicht mitbekommen hätte, dass ich in dieser Nacht, das erste Mal Hand an mich gelegt hatte.

Als es mir bewusst wurde, erschrak ich.

Dann dachte ich mir aber - was soll es - und begann mich ganz bewusst zu streicheln. In meinen Gedanken war ich nun die Frau, die vor meinem Vater kniete und die Teller ablecken musste. Ich versuchte mir dabei vorzustellen, wie ich mich wohl fühlen würde, wenn mein Papa mich zu so etwas zwingen würde.

Allerdings konnte ich diese Emotionen nicht richtig fassen und einordnen, da ich sie ja nicht kannte und auch noch nie erlebt hatte.

Jedenfalls hatte ich kurz darauf meinen ersten Höhepunkt erlebt und er war sehr, sehr schön.

Er war so schön, dass ich es mir direkt danach noch einmal gemacht hatte.

Dann schlief ich ein und begann direkt am nächsten Morgen meine Internetforschungen zu diesem Thema erneut aufzunehmen.

Alles, was danach so passiert ist, möchte ich nun etwas kürzer zusammenfassen, da ich zu diesem Zeitpunkt ja erstens noch minderjährig war und es sich zweitens hierbei ja auch nicht um ein Pornobuch handeln soll.

Ich sammelte immer mehr Daten, Erfahrungen und Geschichten zum Thema Unterwerfung, Demütigung, Bloßstellung und BDSM im Internet. Es faszinierte mich von Tag zu Tag mehr und auch die Erfahrungen und Erzählungen anderer Frauen, mit denen ich mich online unterhielt, steigerten mein Interesse an realen Erlebnissen zu diesen Themen.

Im Laufe der Zeit manifestierte sich in mir die Überzeugung, dass es das Größte für eine Frau

sein musste, wenn sie einen dominanten Partner oder gar Ehemann findet, dem sie sich ruhigen Gewissens unterwerfen kann. Es galt also einen Mann zu finden, der in der gesellschaftlichen Hierarchie und aufgrund des bloßen Anwesendseins, durch seine Erscheinung eben, bereits soviel Respekt in mir hervorrief, dass es kein Problem für mich war, mich ihm zu unterwerfen. Und wenn ich nicht gehorchte, so sollte er in der Lage sein, mich entsprechend zu bestrafen. Ich suchte nach einem Mann, dem ich vollends vertrauen konnte. Einen Mann, dem man ruhigen Gewissens die eigene Lebensführung in die Hand geben konnte, ohne dass es für mich in einem Desaster enden würde.
Ich suchte also den Mann.
Den Mann, der meinem Leben eine Richtung gab und der in der Lage war mich in der Spur zu halten. Nämlich in der Spur eine gehorsame, unterwürfige Frau zu sein, die ihrem Herrn bedingungslos folgt, wohlwissend, dass immer alles ein gutes Ende nehmen wird.

Leider fand ich diesen Mann zu jener Zeit nicht. Es lag wohl daran, dass ich, durch mein frühes Interesse an diesem Thema, meine gleichaltrigen, männlichen Pendants überforderte. So versuchte ich es mit älteren Herren. Hier musste ich dann aber schnell herausfinden, dass das Internet und die Realität zwei paar Dinge sind. Kaum einer war bereit sich mit mir zu treffen, da ich ja noch unter 18 Jahren alt war. So blieben mir also nur der Chat, Rollenspiele und die vielen, vielen Foren, die es diesen Themen gab.

Dann war es endlich soweit, dass ich 18 wurde. Endlich volljährig – endlich durfte ich tun, was ich wollte, mit wem ich wollte und wann ich wollte.
Denkste!
Denn auch jetzt musste ich die Erfahrung machen, dass das Internet und die Realität nicht immer deckungsgleich sind.

Nun gab es nämlich ein weiteres Problem: Da ich zu dieser Zeit (übergangsweise) noch bei meinen Eltern wohnte, bis ich mich fertig eingerichtet hatte, konnte ich mir natürlich keine entsprechenden Geräte, Kleider und so weiter kaufen, und die meisten Männer, die in meiner Umgebung wohnten, waren nicht bereit, solche Dinge für mich zu erstehen und bei sich zu „lagern", da sie meistens in einer Beziehung oder gar Ehe lebten, wo sie zwar ihre Neigungen nicht ausleben konnten, aber auch nicht bereit waren einen Schritt derart zu vollziehen, dass sie ihr jetziges Leben meinetwegen ändern wollten.

An dieser Stelle ist es mir wichtig, etwas zu sagen:
Wieso leben so viele Menschen diese wunderbaren Neigungen im Geheimen in Chats oder Onlineforen aus, anstatt ihrem Partner davon zu erzählen, und es real zu tun???
Ich hatte einen längeren Kontakt zu einer Frau und einen Mann, über einen Internetchat, die

beide miteinander verheiratet waren und sogar dieselben Neigungen hatten. Allerdings lebten sie ihre Fantasien nur getrennt im Internet aus, weil sie sich nicht trauten den Partner anzusprechen. Das finde ich schade!
Aber okay, das muss jeder selbst wissen.

In meinem Leben schob ich jedenfalls sexuell gesehen ziemlichen Frust, weil ich einfach keinen Mann getroffen hatte, der mir das geben konnte oder wollte, was ich so dringend brauchte.

Auch dass ich zu Hause ausgezogen war, um so zumindest den liierten Männern eine Möglichkeit zu geben, sich mit mir zu treffen und ihre Neigungen dann auszuleben, führte nicht wirklich zu einer Besserung der Gesamtsituation. Es war tatsächlich so, dass die meisten Jungs, die zu mir kamen, gerade Krach mit ihrer Liebsten, ihrem Mitbewohner oder ihren Eltern hatten, und deshalb nur ein Bett für eine Nacht oder mal eine Woche gesucht hatten.

Diese Typen waren meistens auch nicht besonders fantasievoll oder hatten irgendwelche speziellen Ideen. Viele waren schon mit den Brustwarzenklammern überfordert.

Also habe ich mir ein anderes Laster zugelegt:
Sportwetten!

Leider war ich nicht sehr gut darin, sodass ich bald über 1000€ Schulden hatte.

Mein BAFöG reichte „nicht ganz" aus, um die Raten für die Tilgung zu stunden.

Aber ich hatte Glück. Ein netter Student hatte mich bei sich aufgenommen, sodass ich das Geld für meine Miete zur Bezahlung meiner Schulden nehmen konnte. Bedingung war gewesen, dass ich aufhören sollte zu spielen, damit ich nicht noch mehr in die Schuldenfalle geriet. Der Student, Michael war sein Name, kümmerte sich recht gut um mich. Er überwachte meine Internetaktivitäten, begleitete mich, wenn ich die Wohnung verließ, und auch sonst fühlte ich mich bei ihm gut aufgehoben. Er hatte zwar keine sexuellen Vorlieben, die in meine Richtung gingen, aber für den Anfang genügte es mir auch „unter seiner Fuchtel" zu stehen und weitestgehend von ihm beaufsichtigt zu werden. Das hat mir recht gut gefallen.

Dann aber passierte es eines Tages:

Ich war mit einer Freundin abends einen trinken gegangen, und mit einen trinken meine ich jetzt nicht ein Glas Wodka, sondern eher eine Flasche. Irgendwie kam das Gespräch auf das Thema Sportwetten. Wir alberten ein bisschen herum und stachelten und gegenseitig auf.

Während wir so durch die Stadt torkelten, erblickten wir ein Wettbüro, die es in Saarbrücken relativ häufig gab. Wir gingen hinein und keine fünf Minuten später hatte ich es, mittels der Kreditkarte, die ich von meinem Vater für Notfälle bekommen hatte, dann doch noch geschafft, ein paar Tausend Euro vom Konto meines Vaters auf mein Spielerkonto des Wettanbieters zu buchen.

Durch den Suff war ich gerne bereit, mich von meiner Freundin dazu verleiten zu lassen, große

Wetten auf aussichtslose Ergebnisse zu platzieren, umso den ganz großen Gewinn abzuräumen.

Lange Rede kurzer Sinn: Es dauerte gerade mal 15 Minuten und 5000€ waren verloren.

Die Tragweite meines Verhaltens wurde mir aber erst am darauffolgenden Mittag bewusst, als ich aus meinem „Koma" wieder erwacht war.

Mein erster Gedanke galt Michael. Wie konnte er mich bloß unbeaufsichtigt in die Stadt gehen lassen??

Für mich stand fest, dass weder ich noch der Alkohol Schuld an meiner Misere waren, sondern Michael. Aber was half es mir? Michael hatte den Fehler gemacht, mich allein in die Stadt gehen zu lassen, und ich musste diesen Fehler nun ausbaden.

Jetzt hatte ich ernsthafte Probleme.

Einerseits durfte mein Vater nichts davon erfahren und andererseits war mir auch sehr daran gelegen, dass Michael nichts davon erfuhr, da ich sonst mein Wohnrecht verloren hätte, und das hätte dann zur Folge gehabt, dass das BAföG-Amt von meinem Betrug erfahren hätte, und ich obdachlos geworden wäre.

Also ging ich zuerst einmal zu der Bank, welche die Kreditkarte ausgestellt hatte.

Als ich zu einem der zuständigen Sachbearbeiter vorgelassen wurde, begrüßte mich dieser freundlich und bot mir neben einem Sitzplatz auch eine Tasse Kaffee an. Mein erster Eindruck war, dass das alles ein gutes Ende nehmen könnte. Der Mann von der Bank fragte mich, was ich denn für einen Kredit wollte und wofür ich ihn beanspruchen würde. Etwas verlegen und kleinlaut erklärte ich ihm meine Situation und nach einem kurzen Zögern rief er seinen Vorgesetzten an, der bald darauf zu uns kam. Auch ihm schilderte ich die Gesamtsituation und er bat mich, ihn in sein Büro zu begleiten.

Er erklärte mir, dass die „gewöhnlichen" Bankangestellten keine derartigen Risikodarlehen vergeben dürften, weshalb er sich nun meiner annehmen würde. Er teilte mir mit, dass er sich im Laufe der Woche bei mir melden würde, und dass wir dann am Ende der Woche, heute ist Montag, einen Vertrag abschließen könnten.

Ich bedankte mich recht herzlich bei dem Mann und verließ die Bank wieder.

Als ich das Gebäude verlassen hatte, fiel mir ein großer Stein vom Herzen. Ich wusste, dass mein Vater seine Kreditkartenabrechnungen immer erst am Ende des Monats einsah, sodass er schon mal nichts von dieser Sache erfahren würde, wenn ich das Geld wieder auf das Konto zurück überwiesen hätte. Dann hätte ich ihm das Ganze als Buchungsfehler verkaufen können. Mit der anderen Hälfte des Kredits hätte ich dann meine Spielschulden bezahlt und so nur noch die Raten an die Bank stunden müssen.

Da alles so gut lief, entschied ich mich dazu, in einem Discounter, eine Flasche Sekt zu kaufen, die ich dann in aller Ruhe trinken wollte, sobald ich zu Hause angekommen war.

Leider war Michael nun zur Stelle und hat mir die Flasche weggenommen, damit ich im Suff keinen Unsinn anstelle!

»Männer!«, dachte ich, sah ihn wütend an und ging in mein Zimmer.

3. Kapitel

Meine Wut auf Michael war bald verflogen und wir machten uns einen gemütlichen Abend. Wir sahen uns einen Film an und ließen eine Pizza kommen.
Die Woche verlief so weit sehr gut. Donnerstagnachmittag kam dann der Anruf von der Bank. Man bat mich morgenfrüh zu sich, damit ich den ausgefertigten Vertrag unterschreiben konnte.
Ich freute mich, dass die Sache so gut und unproblematisch gelaufen war.

Dass alles gut werden würde, sagte ich zu mir selbst und schlief an diesem Abend entspannt ein.

Am nächsten Morgen sollte ich um 11 Uhr in der Bank sein. Als ich um kurz vor 11 ankam, erwartete man mich bereits. Freundlich bat mich der Mann von Montag in sein Büro und gab mir per Handzeig ein Zeichen, dass ich mich auf den Stuhl vor dem Schreibtisch setzen sollte, was ich auch tat. Währenddessen ließ der Herr alle Jalousien im Büro, zum Schalterraum hin, herunter und verschloss seine Tür.
Im ersten Moment dachte ich mir nichts dabei und nahm es einfach so zur Kenntnis.
Dann stellte er sich zwischen seinen Schreibtisch und den Stuhl, auf dem ich saß, nahm einen Schnellhefter mit Papieren hervor, und begann sich mit mir zu unterhalten. Der Mann war gut zwei Meter groß, was mir erst jetzt auffiel, als ich mich vor ihm auf dem Stuhl befand.

Ich sah zu ihm auf und lauschte aufgeregt seinen Worten:

»Hoffentlich geht jetzt nicht doch noch in allerletzter Minute was schief«, dachte ich.

Er erklärte mir, dass die Bank ein großes Risiko mit der Vergabe dieses Kredites eingehen würde, und dann wollte er wissen, ob ich mir denn auch des in mich gesetzten Vertrauens, speziell durch seine Person, bewusst wäre.

Ich nickte.

Er schlug eine Mappe auf, nahm ein Blatt Papier heraus und hielt es mir direkt vors Gesicht.

Darauf standen die Telefonnummern meines Vaters und die von Michael.

Ich wollte wissen, woher er denn Michaels Nummer hatte, und was dieser denn mit meinem Kredit zu schaffen hätte. Er antwortete, dass mein Mitbewohner sein Neffe wäre. Ich sollte aber keine Angst haben. Er hätte Michael noch nichts von diesem Darlehen erzählt, und dass er auch nicht vorhat es zu tun, solange ich meine Raten immer rechtzeitig bezahlen würde.

Ich wurde immer aufgeregter. Mein Herz raste und mein Puls durchbrach gefühlt die „200-Schläge-in-der-Minute" Marke. Ich begann ein Bein langsam auf und ab zu bewegen. Der Mann von der Bank merkte es und betrachtete mich mit strengem Blick.

Nach einer Weile fragte er mich, ob ich nervös sei.

Ich nickte.

Ob es mir die Sprache verschlagen hätte, wollte er weiter wissen.

Ich nickte.

Er grinste, und erklärte mir dann, dass das alles gar kein Problem wäre. Ich hätte doch bestimmt nicht vor, meine Raten nicht rechtzeitig zu bezahlen.

Ich schüttelte den Kopf.

Dann meinte er, dass dann ja alles in bester Ordnung wäre. Mann müsste sich nun nur noch über die Raten einig werden. Er sagte, dass unter diesen speziellen Voraussetzungen 250€ im Monat üblich wären.

Ich erwiderte ihm, dass ich mir maximal 150€ im Monat leisten könnte, und dass es mir am liebsten wäre, wenn ich nur 100€ zahlen müsste, da ich sonst meinen anderen finanziellen Verpflichtungen nicht nachkommen könnte.

Daraufhin nahm er seinen Telefonhörer in die Hand und begann die Handynummer meines Vaters aufzusagen.

Dabei drückte er die entsprechenden Tasten am Telefon.

Ich wurde sehr nervös. Würde er das wirklich tun? Was sollte ich nun machen? Das musste ich unbedingt verhindern.

»Was wollen Sie, dass ich tue?«, fragte ich ihn.

Er hörte auf zu wählen und legte den Hörer auf seinen Tisch. Er sah mich an und grinste.

»Nun ja!«, begann er, »ein besonderes Darlehen erfordert ein besonderes Bemühen des Schuldners!«, sagte er lächelnd.

Ich war verwirrt. Meinte er wirklich, was ich dachte, was er meinte? Ich bekam Angst und mir wurde heiß. Mir kamen die Tränen.

»Sie sind eine sehr hübsche Frau, Fräulein de Angelo.«, bemerkte er und kam auf mich zu.

Er streichelte über meine rechte Schulter. Meine Blicke verfolgten seine Hand und ich sah, wie diese immer weiter nach unten, zu der meinigen, glitt. Als er sein Ziel erreicht hatte, streichelte er mit einem Finger über meinen Handrücken. Ich sah nun zu ihm auf.

»Was wollen Sie?«, fragte ich ängstlich.

Er grinste.

»Ich würde es sehr begrüßen, wenn Sie mir Ihr Vertrauen auf eine etwas intimere Art und Weise darlegen würden.«, erklärte er und fasste sich mit der anderen Hand in seinen Schritt.

Nun nahm er meine Hand und führte sie langsam zum Reissverschluss seiner Hose. Ich begann zu zittern. Was sollte ich nun machen? Meine Hand erreichte ihr Ziel. Er nahm zwei meiner Finger und öffnete mit ihnen den Metallverschluss des Kleidungsstückes. Mir lief es eiskalt den Rücken herunter.

»Sie müssen nicht nervös sein, Fräulein de Angelo.«, sagte er leise, »Ich möchte bloß, dass Sie mir Ihr Vertrauen beweisen, damit ich nicht Ihren Vater oder meinen Neffen in unser kleines Arrangement mit einbeziehen muss. Das wollen Sie doch nicht, oder?«
Er sah mich ernst an. Ich wurde immer nervöser. Meine Hand zitterte wie Espenlaub. Eine Träne lief mir über meine linke Wange. Ich konnte nichts sagen. Ich habe den Mann nur angesehen.

»Na, na, wer wird denn da gleich weinen, Fräulein de Angelo – also wirklich. Sehen Sie, Sie haben nun zwei Möglichkeiten: Entweder beweisen Sie mir, dass Sie das in Sie gesetzte Vertrauen erwidern, oder ich werde Ihren Vater und meinen Neffen über unser kleines Abkommen in Kenntnis setzen.«

Dann zierte ein überlegenes Grinsen sein Gesicht und er ließ seine Hose nach unten gleiten. Er trug keine Unterwäsche darunter, sodass ich seinen wirklich kleinen Piephahn sehen konnte. Er führte meine Hand zu seinem kleinen Kameraden und bewegte sie vor und zurück.

»Mistkerl!«, dachte ich und ließ es zu. Ich umfasste seinen Penis und rieb ihn, damit er größer werden konnte. Er lehnte sich gegen seinen Tisch und sah mit ernstem Blick zu mir herunter.

»Ich kann nichts spüren, Fräulein de Angelo!«, bemerkte er, obwohl sein kleiner Freund immer größer wurde.

Ich rieb also schneller, aber keine Regung des Mannes deutete darauf hin, dass er irgendein positives Gefühl verspüren würde. Ich wollte es nicht, aber mir liefen erneut die Tränen die Wangen hinunter. Ich schämte mich dafür, dass dies passierte. An seinem Blick konnte ich erkennen, dass es ihm gefiel, mich so zu sehen.

Das machte mich wütend. Am liebsten hätte ich ihm sein Teil abgerissen. So ein Schwein!

Als der Kleine dann in „voller Größe" dastand, ließ er sich immer noch keine Erregung anmerken.

>>Sie haben einen schönen Mund, Fräulein de Angelo.«, sagte er – wieder mit diesem überheblichen Grinsen in seiner Fratze, »Da würde mein großer Amigo mit Sicherheit gut hineinpassen.«, fuhr er fort und zog mich an meinen Haaren langsam zu sich.

Auch dies ließ ich geschehen, sodass meine Lippen alsbald Kontakt mit seinem Genital aufgenommen hatten. Zuerst bearbeitete meine Zunge seine Eichel.

»Na ja, zumindest hat er sich gewaschen!«, dachte ich und bei der Gelegenheit fiel mir ein, dass ich nachher noch ein neues Duschgel einkaufen gehen musste, da meines fast aufgebraucht war.

So tat ich also, was man gemeinhin als „Blasen" bezeichnen würde.

Meine Tränen versiegten nach einer Weile, weil ich mir fest vorgenommen hatte mich vor diesem Mistkerl nicht zu erniedrigen. Als ich wieder etwas klarer im Kopf wurde, fasste ich den Entschluss, Gegenforderungen zu stellen und diese auch durchsetzen zu wollen. Ich nahm meinen Mund also von seinem Genital weg, stand auf und sagte zu ihm:

»Ich will, dass Sie meine Raten auf 100€ im Monat senken, sonst werde ich mich auf der Stelle bei Ihrem Chef beschweren!«, dann verschränkte ich die Arme vor meiner Brust und sah ihn ernst an.

Er lachte nur.

»Ich werde den Vertrag auf 150€ im Monat laufen lassen, wenn Sie weitermachen. Wenn nicht, werde ich auf der Stelle Ihren Vater anrufen und ihm alles erzählen. Also bewegen Sie Ihr Maul wieder nach unten zu meinem Amigo – aber ganz schnell!«, forderte er energisch.

»Sie haben nicht einmal gestöhnt!«, sagte ich, »Es hat Ihnen doch offensichtlich gar nichts gegeben. Also warum wollen Sie uns beiden das noch antun?«, versuchte ich mich rauszureden.

Er packte mich an den Haaren und drückte mich nach unten. Ich ließ es zu.

»Dann müssen Sie sich eben mehr Mühe geben, Fräulein de Angelo!«, und schon war dieses blöde Grinsen wieder zu erkennen.

Ich tat nichts.

»100€ im Monat oder ich mache nicht weiter!«, erklärte ich motzig.

Der Mann nahm seinen Telefonhörer wieder in die Hand und wählte die Handynummer meines Vaters. Diesmal schnell und die Ziffern nur leise aufsagend. Er schaltete den Lautsprecher ein, sodass ich hören konnte, wie das Freizeichen kam. Vor lauter Aufregung kamen mir erneut die Tränen. Ich nahm seinen Kameraden wieder in den Mund. In diesem Moment nahm mein Vater das Gespräch an. Er meldete sich mit seinem Namen. Der Mann von der Bank begrüßte meinen alten Herrn und sagte ihm, das er was Wichtiges mit ihm zu besprechen hätte.

Aus Panik saugte ich so gut und so schnell ich nur konnte und massierte zusätzlich noch mit einer Hand seine Hoden. Dann tat der Mann von der Bank so, als ob er sich geirrt hätte, und verabschiedete sich von meinem Vater. Er legte den Hörer wieder auf. Auch ich beendete, was ich tat. Ich sah ihn an, behielt seinen kleinen Kameraden hierbei aber in meinem Mund.

»Jetzt machen Sie schon, Fräulein de Angelo! Oder können Sie nur, wenn Ihr Vater daran teilnimmt?«, und wieder hatte er dieses Grinsen im Gesicht.

Dann sagte er:

Es wäre nett, wenn Sie das Ganze so gestalten könnten, dass ich dabei auch etwas spüre. Wenn Sie etwas mehr Herzblut in die Sache legen könnten, und sich etwas mehr bemühen würden, wäre ich Ihnen sehr dankbar!«

Da es keinen Wert hatte sich mit ihm anzulegen, und da ich ja schon so weit gegangen war, fuhr ich also fort. Ich gab mir wirklich Mühe und tat es so gut, wie es unter diesen Umständen eben ging, aber er ließ sich noch kein Zucken, keine Regung, kein Stöhnen entlocken. Er blickte nur verächtlich auf mich herab. Nach ein, zwei Minuten spürte ich, dass sein Amigo wieder zu erschlaffen begann. Das war mir noch nie passiert! Ich kam mir wie eine Versagerin vor. Und dann noch der Blick dieses Mistkerls. Er ließ mich wirklich spüren, dass ich nicht die geringsten Mittel hatte, ihn zu befriedigen.

Dieses Gefühl, als sein Freund wieder kleiner und schlaffer wurde, war fast noch schlimmer, als das eben, als ich angefangen hatte seinen Penis zu reiben.

Dann stieß er mich zurück. Ich fiel auf meinen Po und landete zwischen dem Schreibtisch und dem Stuhl, auf dem ich eben gesessen hatte. Ich sah zu ihm auf und er begann mit mir zu schimpfen:

>>Das darf ja wohl nicht wahr sein, Fräulein de Angelo! So etwas Miserables, wie das

gerade eben, habe ich ja noch nie erlebt! Wollen Sie mich verarschen? Ist es das, was sie wollen? Glauben Sie ich mache Scherze? Sie wollen Geld von mir! Eine Menge Geld und sie haben keine Sicherheiten! Sie sind nichts weiter, als eine verwöhnte, kleine Spielerin, die die Konsequenzen aus ihrem Verhalten nicht tragen will! Aber nicht mit mir, Fräulein! Entweder bringen Sie das jetzt zu einem vernünftigen Ende oder ich werde Ihren Vater anrufen, seine Kreditkarte sperren lassen und dafür sorgen, dass niemand von Ihrer Familie je wieder bei einer Bank in dieser Stadt aufgenommen wird!«

Als ich das hörte, fing ich wieder an zu weinen. Dieser Mistkerl! Wie konnte er nur so gemein zu mir sein? Wie konnte ich nur in diese Situation geraten?

Aber es half nichts. Ich öffnete meinen Mund und wollte ihn mir einführen, doch der Mann zog ihn weg.

»Das hat so keinen Wert mit Ihnen, Fräulein de Angelo! Wollen Sie die 100-Euro-Raten?«

Ich sah zu ihm auf, zögerte einen Moment und nickte dann.

»Dann setzen Sie sich auf den Tisch und ziehen sie sich aus!«, forderte er.

»Wie?«, fragte ich entsetzt.

»Wenn Sie besondere Konditionen wollen, dann müssen Sie eben besondere Leistungen erbringen!«, erklärte er mir und zeigte mit einem Finger auf seinen Schreibtisch.

Ohne ein weiteres Wort zu sagen, stand ich auf und verließ sein Büro. Kurz darauf die Bank. Ich war mit den Nerven völlig am Ende. Ich begann lauthals zu weinen. Die Leute auf der Straße gafften mich an. Ich wusste nicht mehr weiter. Wem konnte ich mich anvertrauen? Ich hatte ja nur Michael und meine Freundin Caro. Die jedoch schien mit zur Bewältigung von Alltagsproblemen ungeeignet zu sein, da sie selbst vom Geld ihres Vaters lebte, der im

Vorstand einer großen Bank saß. Also blieb mir nur Michael. Aber ihm konnte ich nichts sagen. Erstens war das Risiko zu groß, dass er mich rauswerfen würde, und zweitens war es wohl wahrscheinlicher, dass er viel eher seinem Onkel glauben würde, als mir.

So lief ich weinend durch die Stadt – ohne Ziel – ohne Geld, wohl auch ohne Bleibe, aber dafür mit dem Zorn meines Vaters, wegen des Missbrauchs seiner Karte.

Ich war mir ziemlich sicher, dass Michaels Onkel zu diesem Zeitpunkt bereits meinen Vater und seinen Neffen über meine Taten in Kenntnis gesetzt hatte. Und wer war schuld an der ganzen Misere?

Michael!

Michael, wie konntest du mich nur alleine mit Caro in die Stadt gehen lassen? In diesem Moment war ich wirklich wütend auf ihn.

Natürlich war ich mir, ganz tief in mir drin, bewusst, dass es ganz allein meine Schuld war, dass ich mich nun in dieser Situation befand, aber in Momenten wie diesen brauche ich immer jemanden, dem ich die Schuld geben kann.

Ich ging hinunter zur Saar und setzte mich ans Ufer. Ich trocknete meine Tränen und überlegte mir, wie es nun weitergehen sollte. Am besten gehe ich zuerst einmal nach Hause zu Michael und wartete ab was passiert. Danach müsste ich mich dann meinem Vater stellen.

Was für eine Scheiße!

Ich blieb noch etwa eine Stunde am Ufer des Flusses sitzen und begab mich dann nach Hause. Michael war nicht da und auch auf dem Anrufbeantworter war keine Nachricht.

>»Also hatte dieser Mistkerl Michael auf seinem Handy angerufen!«, dachte ich und ging in die Küche.

Ich suchte nach alkoholischen Getränken, aber mein fürsorglicher Mitbewohner hatte alles, was mehr als 4% Alkohol hatte, weggesperrt.

Also ging ich in mein Zimmer und legte mich aufs Bett. Ich ließ die Geschehnisse aus der Bank noch einmal vor meinem geistigen Auge Revue passieren. Eigentlich war das genau die

Situation, die ich mir so sehr gewünscht hatte. Ein dominanter Mann, der mich benutzt, um seine Triebe zu befriedigen. Aber wie ich bereits oben schon geschrieben habe sind Realität und Fantasie zwei paar Dinge. Aber wieso eigentlich? Je mehr ich darüber nachdachte und je mehr ich mir darüber im Klaren war, wie die Sache auch hätte laufen können, hätte es für mich ein sehr schönes, erotisches Erlebnis werden können.

Nach einer Weile entschied ich mich dazu, eine kleine Runde Kopfkino zu spielen. Ich zog mich komplett aus, holte meinen kleinen Luststab aus der Schublade meines Nachttisches und stellte mir das Szenario wieder genauso vor, wie es gewesen war, und spielte es dann weiter:

Ich wäre nicht gegangen, sondern hätte gewartet, wie der Mann auf meine Ablehnung reagiert. Er hätte mich beschimpft und an den Haaren gezogen. Ich wäre ihm völlig hilflos gegenübergestanden. Er hätte mich auf den Tisch gezogen, den Rock entfernt und meinen String zur Seite geschoben. Danach hätte er mich in der Hündchenstellung hart genommen und immer wieder beschimpft. Vor allem, weil ich nutzloses Ding nicht in der Lage war, ihn zu befriedigen. Dann gab er mir hin und wieder ein paar Schläge auf den Po. Immer fester würden diese, weil der Mann immer zorniger werden würde. Immer wieder schlaffte sein kleiner Amigo ab, weil meine Öffnung nicht eng genug für ihn war.

Ich konnte ihn einfach nicht befriedigen.

Immer wüster würden seine Beschimpfungen.

Dann würde er sich über mich drüber beugen und sich mit seinen Armen um meinen Hals klammern. Ich bekäme nur sehr schwer Luft und sein ganzes Körpergewicht würde auf mir lasten.

Langsam würden sich seine Beschimpfungen immer mehr in ein lustvolles Stöhnen wandeln, und es würde anfangen ihm zu gefallen, dass er mich benutzt.

Nach einer Weile, in dieser Stellung, würde er mich dann an den Haaren packen und auf den Boden stellen. Ich wäre völlig hilflos und könnte mich nicht gegen seine Übermacht wehren. Dann drückt er mich zurück, sodass ich nun mit dem Rücken auf seinem Tisch liege. Er drückt meine Beine zur Seite und schon ist er wieder in mir drin. Er beugt sich erneut über mich und beißt mir in die Brustwarzen, während er dabei genussvoll keucht.

Ich würde mich der Situation ganz und gar hingeben und stünde kurz vor meinem Höhepunkt, jedoch erreicht er seinen vor mir, und da er nicht möchte, dass ich schwanger werde, klettert er über mich, vor zu meinem Kopf, und entlädt seinen kleinen Amigo in meinem Gesicht.

Dann würde er von mir absteigen, mir den Vertrag mit der geänderten Ratenzahlung in die Hände drücken und sagen, dass ich endlich verschwinden soll, bevor er es sich noch einmal anders überlegt.

Ich dürfte mich zwar noch in seinem Büro anziehen, aber mein Gesicht dürfte ich nicht säubern. Ich müsste mit den weißen Flecken das Büro verlassen und nach Hause gehen.

Wenn ich das nicht täte, so sagt er, würde er meinen Vater doch noch anrufen.

So würde ich also total befleckt im Gesicht nach Hause laufen, und da es regnet, nehme ich den Bus. Alle starren mich an und halten mich für eine Schlampe. Ich würde verschämt unter mich sehen und es ist mir alles sehr unangenehm, vor allem, weil mir im Bus mein alter Schulleiter gegenübersitzen würde. Ich wäre froh endlich zu Hause zu sein. Dort, im Badezimmer, würde ich dann im Spiegel den verkrusteten Liebessaft meines Peinigers sehen.

Ich würde mich dann unter die Dusche stellen, mich danach ins Bett legen und hoffen diesen bösen Mann nie wieder zu sehen – oder etwa doch!?

Vielleicht müsste ich ja wieder zu ihm gehen, weil ich vergessen hätte, etwas zu unterschreiben, oder es noch eine Formalität zu klären gäbe, wer weiß??

Als ich dies so in meinem Kopf durchspielte, bekam ich zwei Höhepunkte und ärgerte mich, dass ich wieder nur alles in meinem Kopf erlebt hatte.

Aber Fantasie und Wirklichkeit sind eben zwei paar Dinge.

Kurz danach ging ich dann duschen. Es war 13:28 Uhr, als ich anfing, mein Essen zu kochen. In dem Moment klingelte mein Handy. Es war Michael!

>»Oje«, dachte ich, »der sagt mir jetzt bestimmt, dass ich die Wohnung geräumt und verlassen haben soll, bis er nach Hause kommt!«

Voller Panik nahm ich das Gespräch nach dem zehnten Klingeln an. Er teilte mir mit, dass er heute Abend erst gegen 17 Uhr nach Hause käme, und dass ich ihm bitte eine Dose mit Ravioli aufwärmen sollte, wenn ich die Zeit dafür finden würde. Danach hatte ich direkt wieder aufgelegt. Ich atmete erst einmal tief durch und bereitete mir dann mein Mittagessen zu. Als ich es aufgegessen hatte, zog ich mich komplett aus, legte mich ins Bett und schlief ein.

Gegen 16 Uhr wurde ich vom Türklingeln geweckt. Im ersten Moment glaubte ich, dass ich verschlafen hätte, und dass es Michael sei. Aber ein kurzer Blick auf meinen Wecker zeigte mir, dass ich noch etwas Zeit hatte, bis mein Mitbewohner nach Hause kam. Dann dachte ich, es wäre vielleicht ein Mitarbeiter eines Zustellservices, zog mir kurz einen Morgenmantel an, und öffnete die Tür. Aber weit gefehlt – es war der Abteilungsleiter der Bank – Michaels Onkel. Ohne groß zu fragen, trat er ein und hielt mir einen roten Ordner entgegen.

»Das ist jetzt Ihre letzte Chance, Fräulein de Angelo!«, erklärte er ernst.

Ich zögerte kurz – dann sah ich ihn ebenso ernst an, wie er mich.

»Was ist in dem Ordner?«, fragte ich.

»Darin sind Ihre Unterlagen. Der genehmigte Kreditvertrag, mit einer monatlichen Rate von 100€«, erwiderte er.

»Zeigen!«, forderte ich.

Er öffnete den Ordner und hielt ihn mir entgegen. Da ich nicht richtig lesen konnte, was da alles stand, ging ich ein paar Schritte auf den großen Mann zu. Als ich in der Reichweite seiner Arme angekommen war, fasste er mir an eine Brust und knetete sie.

> »Und wenn ich GV mit Ihnen habe, dann darf ich ihn unterschreiben und dann ist das Geschäft besiegelt?«, erkundigte ich mich.

Ohne ein weiteres Wort zu sagen, gab er mir den Ordner und die Hand und ließ meinen Mantel gen Boden fallen. Zuerst ließ ich es geschehen. Er stellte sich hinter mich und begann meinen Hals und meine Schultern zu küssen. Ich las derweil den Vertrag. Er schien soweit in Ordnung zu sein. Dann fasste er mir zwischen die Pobacken und begann seinen Unterleib an meinem Hintern zu reiben. Ich konnte deutlich seine Erektion spüren. Mir gefiel es, aber so leicht wollte ich es ihm dann doch nicht machen. Ich wollte wissen, was er im Bereich der Dominanz und Unterwerfung so zu bieten hatte. Er küsste immer noch meine Schultern. Seine Lippen waren sanft und zärtlich zu mir. Ich spürte, dass ich feucht wurde.

Aber trotzdem!

Ich drehte mich um, ging drei Schritte zurück und blickte ihn angewidert an. Er schaute auf meine Brüste und hatte wieder dieses unverschämte Grinsen von heute Morgen auf den Lippen.

Dann kam er näher. Ich hoffte sehr, dass er mich packen und entweder auf den Tisch oder auf die Couch drücken würde, aber physische Gewalt war offenbar nicht sein Ding. Er blieb einen Schritt vor mir stehen und blickte auf seine Uhr.

»In etwa 45 Minuten kommt mein Neffe nach Hause, Fräulein de Angelo.«, begann er und fuhr fort, »Dann wer ich hier verschwunden sein, entweder mit einem unterschriebenen Vertrag oder ohne denselben. Das liegt ganz bei Ihnen.«

Ich hatte noch nie jemanden mit soviel Ruhe und Arroganz einen Satz sprechen hören. Man machte mich dieser Kerl plötzlich an. Ich machte ein motziges Gesicht und sah seitlich auf den Boden. Dann griff er nach dem Ordner. Da ich nicht schnell genug reagierte, hat er ihn in die Hände bekommen und auf unseren Wohnzimmertisch geworfen. Danach setzte er sich auf die schwarze Ledercouch, öffnete seine Hose, zog sie aus und begann seinen kleinen Amigo zu reiben. Dabei hatte er wieder sein Grinsen aufgesetzt. Ich wurde immer spitzer. Demütig blickte ich vor mich auf den Boden und ging langsam auf Michaels Onkel zu. Dann kniete ich vor ihm nieder und fragte ihn, ob ich seinen Penis in meinen Mund nehmen sollte. Er nickte. Ich schloss meine Augen und tat es. Im Gegensatz zu heute Morgen begann er direkt zu stöhnen. Er griff mit einer Hand in meine Haare und zog manchmal etwas daran. Immer tiefer ließ ich seinen Amigo in meinen Mund gleiten. Er genoss es. Dann war mir plötzlich so, als ob ich ein „Klicken" gehört hätte. Ich öffnete meine Augen und wollte zu ihm aufsehen. Da zog er mich so an den Haaren, dass mir dies nicht gelang.

»Was soll es!?«, dachte ich und machte weiter.

Nach einer Weile hob er meinen Kopf an und zog mich auf die Couch. Ich lag nun mit dem Rücken auf ihr und er kniete davor. Ich sah ihn an und er drückte meine Beine auseinander. Dann küsste er meine Oberschenkel. Ich tat nichts. Ich sah ihn nur an. Dann erreichte seine Zunge meine Scheide. Er begann sie zu lecken. Ich erhob mich und erklärte:

»Das war aber nicht Teil unserer Abmachung!«

Er erhob sich vom Boden und setzte sich neben mich auf die Couch. Er sah auf seine Uhr und sagte:

»In etwa 35 Minuten kommt mein Neffe! Ich habe Zeit, Fräulein de Angelo. Ich bin schon sehr gespannt, was Michael sagen wird, wenn er mich so auf seiner Couch sitzen sieht – Sie nicht auch?«

Unnötig zu erwähnen, dass er dabei dieses Grinsen im Gesicht hatte, nur dass er diesmal auch noch die Arme dabei verschränkte. Wieder blickte ich zur Seite weg. Ich atmete stoßartig eine ganze Menge Luft aus und forderte, dass er ein Kondom überstreifen sollte, was er verweigerte. Er meinte, dass er dann nicht den vollen Genuss meines Inneren spüren könnte.

Ich blickte zur Seite weg. Er schaute auf seine Uhr.

»In 30 Minuten kommt Michael!«

Schnell bin ich aufgestanden und versuchte den Ordner auf dem Tisch und den daneben liegenden Kugelschreiber zu greifen, aber Michaels Onkel packte mich an meinem Arm und schleuderte mich auf die Couch zurück. Mein rechter Oberarm befand sich auf der Rückenlehne und meine Beine auf der Sitzfläche. Er hielt meinen linken Arm verschränkt hinter meinem Rücken. Dies tat mir weh, was ich durch entsprechende Laute zu verstehen gab.

»Das war eine sehr unüberlegte Tat, Fräulein de Angelo!«, sagte er sehr ernst und drückte meinen Arm dabei noch fester nach oben.

»Na endlich!«, dachte ich und versuchte mich zu wehren, damit er weitermachte.

Doch er ließ meinen Arm los. Er stieg nun hinter mich auf die Couch und platzierte seine Beine darauf. Dann umklammerte er meinen Hals mit seinen Armen und drückte seinen Körper ganz eng an meinen Leib.

»Was haben Sie vor, Sie scheiß Mistkerl!?«, fragte ich wütend.

»Halt deine Klappe und lass mich endlich in dich eindringen!«, forderte er und schon spürte ich seine Eichel an meinen Schamlippen.

Er klammerte sich recht fest um meinen Hals, sodass ich etwas schlechter Luft bekam, als normalerweise. Dann hatten wir Geschlechtsverkehr. Eine Weile noch tat ich so, als ob ich mich gegen ihn wehren würde, jedoch genoss ich seine Männlichkeit vom ersten

Moment an, in meinem Körper. Mit jedem Stoß wurde er größer und härter in mir. Immer tiefer drang er in mich ein und je lustvoller er stöhnte, desto mehr nahm er mir mit seinen kräftigen Armen die Luft.

»Sie Mistkerl! Ich verfluche Sie!«, fauchte ich stöhnend, aber ich genoss es.

Meine Finger krallten sich in die Rückenlehne der Couch. So schnell wie ich noch nie, spürte ich meinen Höhepunkt nahen, während auch mein Hintermann immer lauter keuchte und mich immer fester mit seinen Armen umschloss. Kurz darauf hörte ich wieder dieses „Klicken". Ich drehte meinen Kopf nach rechts und dann sah ich, woher dieses Geräusch kam. Dieser Mistkerl hatte einen Arm gelöst und machte Fotos mit seinem Handy. Ich drehte meinen Kopf zu ihm und sah ihn böse an.

»Wenn ich meinen Höhepunkt in dir erleben darf, werde ich die Bilder löschen. Wenn nicht - werde ich sie an deinen Vater schicken!«, sagte er selbstzufrieden, mit seinem typischen Lächeln im Gesicht.

»Sie sind ein abartiges Schwein!«, erwiderte ich ihm.

Dann umklammerte er mich wieder ganz fest, sodass ich fast gar keine Luft mehr bekam, und so erreichten wir beide gleichzeitig unseren Höhepunkt. Er ließ seinen kleinen Amigo noch eine Zeit lang in meinem Körper verweilen, bis dieser wieder schlaff wurde, und von alleine seinen Weg nach draußen fand. Dann drehte er sich erschöpft zur Seite. Ich sah ihn wütend an, gab ihm eine Ohrfeige und griff mir sein Handy. Ich löschte die Fotos, die er gemacht hatte, und danach nahm ich mir den Vertrag. Ich unterschrieb ihn, packte mir einen der Durchschläge und rannte in mein Zimmer. Ich sah mir zwischen die Beine und konnte erkennen, dass ein Teil seines Liebessaftes aus mir herauslief. Ich musste grinsen. Unmittelbar darauf sperrte ich meine Zimmertür ab, und schrie ihn an, dass er verschwinden sollte. Etwa eine Minute später hörte ich, dass sich unsere Wohnungstür schloss. Ich sperrte die Tür wieder auf und sah mich um. Er war verschwunden.

Ich sah auf die Uhr. Es waren noch neun Minuten bis Michael kommen sollte. Ich zog mir kurz den Morgenmantel wieder an und ging in die Küche, wo ich das Essen für meinen Mitbewohner zubereitete. Als die Nudeln aufgewärmt waren, drehte ich die Platte runter und ging ein weiteres Mal duschen.

Als ich dabei die Ereignisse dieses Tages Revue passieren ließ, hatte ich ein gutes Gefühl. Genauso etwas war es gewesen, was ich schon immer mal erleben wollte. Ein starker Mann, der mich benutzt. Er war zwar kein Mann, den ich mir für den Rest meines Lebens ausgesucht hätte, aber es war ein Anfang. Nun hatte ich es endlich erlebt und es hat mich angemacht.

Gegen 20 Uhr am Abend ging ich ins Internet und suchte mir, über die entsprechenden Chats und Foren, einen Mann, mit dem ich solche und andere Erlebnisse wieder haben konnte. Ich nannte mich „devotekiara", und noch keine zwei Minuten später hatte ich meine sieben

Dialoge wieder zusammen. Allerdings dauerte es bis halb zwei in der Nacht, bis ich endlich jemanden gefunden hatte, der es ernst meinte, der in meiner Gegend lebte und auch reale Treffen wollte. Sein Name war „Pain-Fetish_M", alias Thorsten G.

4. Kapitel

Aufgrund seines Nicknames wollte ich zuerst gar nicht mit Thorsten chatten. Dann aber überlegte ich es mir anders. Er hatte tolle Vorschläge für Rollenspiele in seinem Profil stehen und deshalb hatte ich mich dann doch entschieden, ihm eine Chance zu geben.
Bevor wir mit einem Spiel anfingen, plauderten wir etwas. Er sagte mir, dass er Autor sei, und dass er viel Fantasie besitzen würde. Er schilderte mir Dinge, die er bereits getan haben wollte, worunter auch „Spiele" waren, mit denen ich jetzt nicht so viel anfangen konnte, wie z.B. gaining oder das bewusste Abfüllen von

Frauen, mit Zweck, sich an ihrem Suff zu erfreuen. Aber er hatte auch von Dingen wie Erziehung, Nackthaltung, Käfighaltung, Spanking und öffentlicher Demütigung erzählt. Dies waren Sachen, die ich gerne erleben wollte, und seine Wohnung war gerade mal dreizehn Kilometer von meiner entfernt. Ein echter Glücksfall also. Ich dachte mir, dass ich eine solche Gelegenheit nur einmal bekommen würde.

Wenn das stimmte, was er über sich erzählte, konnte es gut sein, dass er schon sehr bald eine andere Frau finden würde, und da er auf der Suche nach einer festen Beziehung war, konnte es ebenso gut sein, dass seine nächste Bekanntschaft, die eine Frau für sein Leben sein könnte. So konnte ich wiederum kein Risiko eingehen und sagte einem Treffen am nächsten Abend zu.

Der nächste Morgen (Samstag)

Da ich noch einige Besorgungen für mein Date am Abend machen musste, stand ich um acht Uhr morgens auf und traf mich um halb neun mit meiner Freundin Caro, in einem Saarbrücker Café, wo wir frühstückten.

Sie erzählte mir, dass ihre andere Freundin Charlotte gerade ihren Praktikantinnenjob, bei einer sehr großen und bekannten Softwarefirma in Saarbrücken verloren hatte, weil sie angeblich nicht mit den wichtigen Herren schlafen wollte, zumindest, so erklärte mir Caro, glaubte Lotte das, da sie drei Tage nach einem Vorfall in der Chefetage ihren Vertrag gekündigt bekam. Danach erkundigte ich mich bei meiner Freundin, um welche Firma es sich handeln würde. Sie nannte mir den Namen und ich merkte ihn mir gut. Immerhin brauchte ich immer noch schnelles Geld, um meine Schulden bei der Bank abbezahlen zu können.

Als wir fertig gefrühstückt hatten, gingen wir in die Fußgängerzone, wo wir in den entsprechenden Geschäften und Boutiquen mein Outfit für den Abend besorgten.

Thorsten sagte mir, dass ich ein weißes, zwei Nummern zu enges Top, einen weißen Push-Up BH, einen weißen Spitzenstring, einen weißen, engen Minirock, etwa 45 Zentimeter kurz, weiße halterlose und rote Lederheels tragen sollte. Meine Haare sollte ich wasserstoffblond färben und offen tragen. Schminken sollte ich mich nur mit rotem Lippenstift.

Da ich ja nicht wusste, wie das alles laufen würde, entschied ich mich dazu, Caro nicht zu sagen, wofür ich diese Kleidung unbedingt brauchte. Ich sagte ihr einfach, dass es ein Fotoshooting an der Uni geben würde, zu dem man mich eingeladen hätte. Ich glaubte zwar nicht, dass sie mir glaubte, aber zumindest hatte sie nicht mehr weiter nachgefragt. Allerdings hatte sie ein gewisses Grinsen im Gesicht. Als ich das erkannte, wurde ich wohl eine Spur zu rot am Kopf, was Caro in ihrer Meinung, von mir belogen worden zu sein, noch bestärkte. Sie griff mir an die Schulter und sagte, dass ich ihr einfach alles morgenfrüh erzählen sollte.

Insgesamt waren wir in fünf Läden, bis wir alle Klamotten und sonstigen Gegenstände zusammenhatten, die Thorsten von mir forderte.

Dann fuhr ich nach Hause und verbrachte den Rest des Tages im Internet, um weitere Nachforschungen über meinen „neuen Herrn" zu betreiben. Zumindest das mit den Büchern schien zu stimmen. Auch die einzelnen Gerätschaften, die er angeblich besaß, konnte ich unter den angegebenen Internetseiten, zu den von ihm genannten Preisen, finden. Er war also entweder ein Lügner, der sehr viel Aufwand betrieb nicht ertappt zu werden, oder er war wirklich, wofür er sich ausgegeben hatte.

Dann kümmerte ich mich um „meine neue Stelle" bei der Firma, die Charlotte entlassen hatte.

Ich fand einen Link auf deren Homepage und bewarb mich um die vakante Praktikantinnenstelle.

Bereits dreißig Minuten später bekam ich eine Antwortmail, in der stand, dass ich mich sofort, nachdem ich diese Mail gelesen hatte, telefonisch bei der Personalabteilung melden sollte.

Gesagt – getan.

Wir vereinbarten einen Termin für den nächsten Montag. Ich sollte mich um 09.30 Uhr in Zimmer 3.10 melden und einen Lebenslauf mitbringen.

So verging der Nachmittag wie im Flug und schon bald war es 19 Uhr. Um halb acht hatte ich mein Treffen mit Thorsten.

Er wollte mich in einer kleinen Kneipe treffen, von der ich zwar noch nie etwas gehört hatte, aber da ich ja auch in dieser „Saarbrücker Szene" noch nicht so aktiv war, dachte ich eben, dass sie mir aus diesem Grund nicht bekannt war.

Ich zog also die geforderten Klamotten an, sie waren wirklich sehr, sehr eng und ich fühlte mich auch nicht so richtig wohl darin, aber so war das Spiel eben. Wer sagt denn, dass ich mich wohlfühlen sollte? Hauptsache meinem Herrn gefällt, was ich trage und wie ich darin aussehe.

Allein der Weg zur Kneipe war schon sehr aufregend für mich. All die Kerle, die mich wie eine billige Hure anstarrten und die überheblichen Blicke der Weiber, die sich für was Besseres hielten. Es war mir richtig peinlich, so in der Öffentlichkeit aufzutreten. Nur gut, dass ich niemanden traf, der mich kannte. Nur gut, dass Michael heute Nachmittag bereits um 16 Uhr ging, und erst am nächsten Morgen wieder zurückkam, da er einer anderen guten Freundin beim Aufbau ihrer Schrankwand half und sie ihn aus Dankbarkeit bei sich übernachten ließ.

Die Kneipe war etwa zwanzig Minuten von meiner Wohnung entfernt. Als ich davor ankam, fand ich sie recht schäbig. Allerdings hatte ich die Hoffnung, dass ein Autor wie Thorsten über ein Mindestmaß an Geschmack verfügen würde, und dass diese Stätte zumindest von innen ordentlich was hermachen würde.

Aber weit gefehlt.

Es war ein merkwürdiger Dunst überall, und die morschen, halb verfallenen und durchgebrochenen Holzbodenbretter waren feucht und rochen modrig. Die Einrichtung war etwa im selben Zustand, wie der Boden. Es gab fünf kleine, runde Tische, an denen jeweils zwei Holzstühle standen und der halb verfallene Tresen war mit gerade mal drei Barhockern versehen.

Die Leute in der Kneipe, es waren nur drei Gäste da, sahen dafür genau zu diesem Ort passend aus. Es waren wohl Männer um die dreißig, die aussahen wie fünfzig. Total versiffte, verschmierte und verschwitzte Gesichter mit fettigen Haaren, kaputten Hosen und alten Hemden oder Pullovern, die sie wohl von ihren Großvätern geerbt hatten, und auch von denen das letzte Mal gewaschen wurden. Es war ein seltsamer Geruch von Moder,

Zigaretten und Schweiß in der Luft. Kurz um: Für eine Frau war es hier total eklig!

Der einzige Mann, der sich in dieser Kneipe von den anderen abhob, war mein Herr. Er saß an der Bar und trug eine blaue Designerjeanshose, ein weißes Designerhemd und weiße Turnschuhe. An seiner rechten Hand trug er einen weißgoldenen Ring mit einem großen Diamanten in der Mitte, der so aussah, als wäre er mehr Wert, als die gesamte Kneipe, mit allem, was sich darin befand, einschließlich der dort anwesenden Menschen. An seinem linken Arm trug er eine große silberne Armbanduhr. Seine langen blonden Haare trug er offen. Als ich mich langsam nach vorne zu ihm hinarbeitete, gafften mich die drei Männer, die sich an den kleinen runden Tischen befanden, an. Einer rauchte eine Zigarre, einer bohrte sich in der Nase und zog etwas langes, gelbes, das eklige Fäden hatte, daraus hervor, der Dritte leerte ein Weizenbierglas und rülpste mich dann lächelnd an. Als ich am Tresen

ankam, drehte Thorsten seinen Kopf zu mir nach rechts.

»Bist du Esther?«, fragte er.

»Ja, mein Herr!«, erwiderte ich und machte einen Knicks.

»Du bist drei Minuten zu spät!«, bemerkte er und betrachtete mich.

»Es tut mir sehr leid, mein Herr! Wie kann ich dies wieder gutmachen?«, fragte ich demütig und begann ihn ebenso zu mustern.

»Setz dich da auf den Hocker und sag mir, was du trinken willst.«

»Wenn Ihr es erlaubt, mein Herr, würde ich gerne ein Glas Wasser trinken.«, ging es mir leise von den Lippen, während ich mich, auf den mir zugewiesenen Platz, setzte.

Ich wusste nicht genau, was ich tun sollte. Sollte ich mich nun zu ihm hindrehen oder nach vorne, auf den Mann hinter dem Tresen sehen, der mich angrinste, oder ob ich einfach nur meinen Kopf zu Thorsten drehen sollte.

»Wie wäre es mit einem Martini?«, fragte er dann.

Ich drehte mich nach links zu ihm hin.

»Du siehst mich nur an, wenn ich es dir erlaube!«, sagte er streng und ich drehte mich sofort wieder nach vorne. »Ich hatte dich etwas gefragt!«, redete er dann weiter.

»Ja, mein Herr! Ich würde sehr gerne ein Glas Martini trinken.«, erklärte ich kleinlaut, mit meinen Augen nach links spickend.

»Schau nach vorne!«, befahl er dann.

Ich blickte nach vorne und sah den Mann hinter der Theke, der sich sein Lachen fast nicht verkneifen konnte. Dann servierte er mir meinen Drink. Ich wusste nun wieder nicht, was ich tun sollte. Durfte ich sprechen? Sollte ich mich bei dem Tender bedanken oder würde mein Herr das für mich erledigen? In mir kam eine starke Unruhe auf. Ich war total unsicher. Dann fiel mir auf, dass ich gar nichts wusste. Ich wusste nicht, was zu tun war. Vier Jahre hatte ich mich auf diesen Moment vorbereitet und ich wusste nicht, was ich machen sollte. Ich war so aufgeregt, dass mir die Tränen kamen. Mir gingen plötzlich so viele Gedanken durch den Kopf, dass mir diese zwei, drei Sekunden, bis Thorsten was zu mir sagte, wie Stunden vorkamen. Alles, was ich in den letzten Jahren gelesen, probiert und in Chats oder Foren erfahren hatte, ging mir durch den Kopf. Dann kam endlich die Erlösung dieses spannungsgeladenen Momentes.

»Bedank dich bei dem Barmann, dass er dir das Getränk serviert hat.«, sagte Thorsten ruhig.

Ich sah den Tender an und bedankte mich. Thorsten streichelte mir über den Kopf und sagte „gutes Mädchen" zu mir. Ich blickte zu ihm herüber und bedankte mich für diese Geste.

»Du lernst ja ziemlich schnell.«, erklärte er zufrieden und sagte weiter, »Jetzt darfst du einen Schluck aus dem Glas nehmen.«

Ich nahm mein Glas in die Hand und begann etwas daraus zu trinken. Während ich trank, bemerkte ich, dass sich Thorstens Hand an meinem Minirock befand. Er griff sich das untere Ende und hob es an. Ich hörte auf zu trinken, ließ das Glas aber an meinem Mund. Ich drehte meine Augen nach links und konnte erkennen, dass er mich ansah.

Ich tat nichts.

Er hob das untere Ende des Rockes nun hoch und steckte es über das obere Ende des Kleidungsstückes, sodass man nun von hinten meinen blanken Po und den String sehen konnte. Durch meine Augenwinkel konnte ich erkennen, dass Thorsten sich nun zu den anderen Männern im Raum umgedreht hatte. Dann konnte ich ein Raunen hören, dass diese Leute ausstießen.

Nun stand mir der Schweiß auf der Stirn. Mir wurde ganz heiß. Ich reagierte aber nicht. Ich trank weiter und wartete ab, was noch passieren würde. Thorsten drehte sich wieder nach vorne um, und bestellte sich eine Cola.

Als der Tender ihm das Glas hinstellte, begann er mit seiner rechten Hand über meinen Po zu streicheln. Aus Unsicherheit und weil ich sonst keine Ahnung hatte, was ich machen sollte, trank ich mein Glas nun leer und stellte es vor mich auf den Tisch.

»Nervös?«, fragte Thorsten, ohne seinen Kopf zu mir zu drehen.

»Etwas schon.«, entgegnete ich.

»Das ist heute das erste Mal, dass du so etwas tust, oder?«, wollte er rhetorisch wissen.

»Jawohl, mein Herr!«

Er bestellte mir noch einen Martini und begann dabei meine Pobacken abwechselnd zu streicheln und zu drücken. Es war ein seltsames Gefühl, da ich wusste, dass diese versifften Typen das alles sahen.

»Was die wohl denken?«, schoss es mir durch den Kopf.

Allerdings war ich viel zu angespannt und nervös, um mir die Situation richtig bewusst machen zu können. Dann kam auch schon mein Getränk. Diesmal bedankte ich mich direkt beim Tender und das gab mir dann auch schon wieder etwas mehr Ruhe und Sicherheit. Thorstens Hand wanderte nun meinen Rücken hoch und während er diesen streichelte, lobte er mein korrektes Verhalten. Dann trank er aus seinem Colaglas.

»Du darfst gerne noch etwas trinken, wenn du magst.«, sagte er freundlich.

»Jawohl, mein Herr!«, kam es mir über die Lippen und ich nippte einen kleinen Schluck.

»Sieh mich an!«, forderte er mit freundlicher Stimme.

Ich drehte meinen Kopf zu ihm. Er lächelte. Ich erwiderte es.

»Dreh dich mal zu mir!«, redete er weiter und tat es seiner Forderung gleich.

Ich kam seinem Befehl nach, sodass wir uns nun gegenübersaßen.

»Du hast einen wunderschönen Körper!«, lobte er.

Verlegen sah ich nach unten und bedankte mich dann. Seine Hand wanderte in mein Gesicht und streichelte abwechselnd meine Wangen.

»Zieh dein Top aus!«, forderte er nun.
Ich hörte auf zu grinsen. Sofort war dieses Schwitzgefühl wieder da. Ich bin mir ziemlich sicher, dass ich auch einen hochroten Kopf bekommen hatte. Verlegen sah ich ihn an. Er wartete einen Moment. Dann verschwand der freundliche Ausdruck aus seinem Gesicht.

»Das war keine Bitte oder einfach nur daher geredet, Fräulein!«, begann er, »Wenn ich dir etwas sage, dann hast du das auf der Stelle und genauso auszuführen, wie ich es dir sage! Hast du das verstanden?«

Verschämt versuchte ich seinen Blicken auszuweichen, aber jede Bewegung meiner Augen und meines Kopfes korrigierte er mit seinen Fingern. Plötzlich packte er meinen Kopf und zentrierte ihn mit seinen Händen vor seinem Gesicht.

»Ich habe dich gefragt, ob du mich verstanden hast!?«, äußerte er nun sehr energisch.

So energisch, dass ich einen kurzen Moment lang Angst bekam. Mir war so, als wäre ich gar nicht ich. Es kam mir so vor, als wäre ich in einem Film. Ich wartete die ganze Zeit darauf, dass die Frau, die dem Mann gegenübersaß, antwortete. Da ich völlig in meinen Gedanken verloren war, erwiderte ich nichts. Ich hatte zwar alles verstanden, was er zu mir sagte, aber in diesem Moment war ich wieder völlig überfordert.

Thorsten stand nun auf. Er hielt mein Gesicht immer noch fest in seinen Händen. Dann zog er mich von dem Stuhl herunter.

Als er nun vor mir stand, konnte ich erst richtig erkennen, wie groß Thorsten war. Er war etwa 1,90 Meter und wog gut und gerne neunzig Kilo. Ich kam mir richtig klein und zierlich vor. Ich wäre ihm im Falle eines Falles völlig unterlegen gewesen. Mein Angstgefühl wurde von dieser Erkenntnis gestärkt und mir standen prompt wieder die Tränen in den Augen. Für einen Moment verweilten wir in dieser Position. Ich sah ihm ins Gesicht. Seine Augen und sein

gesamter Körper bewegten sich nicht. Wie eine große Statue stand er vor mir. Was würde er jetzt machen? Würden mir die anderen Männer helfen? Und wieso ließen sie das alles überhaupt geschehen? Ich hatte nicht den Eindruck, als ob das hier eine Stätte wäre, in der so etwas jeden Tag vorkommt. Andererseits weiß man ja, dass die Hilfsbereitschaft der Menschen ohnehin geringer ist, wenn viele Leute an einem Ort sind.
Dann ließ er mein Gesicht los.
»Knie dich hin!«, befahl er nun und zeigte mit dem Mittelfinger seiner rechten Hand auf den Boden.
Ich tat es.
»Sieh mich an, du kleines, verzogenes Gör!«, sagte er danach.
Ich gehorchte. Er griff nach seinem Colaglas.
»Du musst noch viel lernen, kleine Lady, aber keine Angst – ich werde es dich lehren. Ich werde dir zeigen, was alles dazu gehört, ein gehorsames Mädchen zu sein.«

Dann schüttete er mir die Cola ins Gesicht. Er beugte sich zu mir herunter und gab mir das leere Glas in die Hand. Mit seinem Zeigefinger und Daumen der rechten Hand fasste er an mein Kinn und hob so meinen Kopf in seine Richtung.

»Weil das heute das erste Mal ist, ist meine Strafe so harmlos ausgefallen! Wenn das wieder passiert, dann gnade dir Gott – du kleines Luder!«, äußerte er trocken und fuhr fort: » Hast du das verstanden?«

»Jawohl – mein Herr! Vielen Dank für Eure Gnade!«, kam es mir mit zittriger Stimme über die Lippen.

Dann ging er zum Tresen. Auf dem Weg dorthin streichelte er mir kurz über mein Haupt und sagte, dass ich ein gutes Kind sei. Ich drehte meinen Kopf und sah ihm nach. Er bestellte sich eine weitere Cola. Als er sie bekommen hatte, nahm er sein Getränk sowie meinen Martini und kam zu mir zurück. Er gab mir mein Glas in die Hand und sagte, dass ich das leere Colaglas auf den Boden stellen soll.

Ich tat es.

Nun befahl er mir, meinen Martini auszutrinken.

Ich tat es.

Er lobte mich erneut, indem er meinen Kopf streichelte. Dann ging er zwei Schritte zurück. Er drehte sich um, und er erkannte, dass er ganz nah bei dem Mann stand, der bei meinem Eintreten das Weizenbierglas ausgetrunken hatte. Er setzte sich zu ihm an den Tisch. Beide starrten mich an. Mein Gesicht und mein Top waren ganz feucht von der Cola.

Der zweite Martini ließ mich die ganze Sache allerdings schon nicht mehr gar so eng sehen. Ich spürte eine angenehme Wärme in meinem Bauch. Von diesem Moment an war es eigentlich so, dass meine Angst einer gewissen Form von Neugierde gewichen war.

»Zieh dein Top aus!«, forderte mein Herr nun erneut.

Ich überlegte einen kurzen Moment, aber dann tat ich es. Das weiße Ding war eh durch die Cola ziemlich durchsichtig geworden und ich hatte ja immer noch meinen BH an. Insofern war das Ausziehen dieses Kleidungsstückes halb so wild. Ich legte es auf den Hocker, auf dem ich bis vor kurzem noch gesessen hatte.

»Knie dich genau gegenüber von mir hin!«, befahl Thorsten weiter.

Ich kam auch dieser Instruktion nach. Ich machte meine Beine zusammen und kniete mich vor meinen Herrn. Er war etwa zwei Meter von mir entfernt. Meine Hände legte ich auf meine Oberschenkel und wartete.

Er begann mit seinem Tischnachbarn zu reden. Sie äußerten sich positiv über meinen flachen, straffen Bauch und meinen schönen Busen.

Kurze Zeit darauf stand Thorsten auf und ging zum Tresen. Er bestellt noch einen Martini. Dann kam er zu mir und stellte sich hinter mich. Da ich nicht wusste, ob ich mich umdrehen darf, verharrte ich in meiner Position. Dann befahl mir mein Herr aufzustehen.

Ich tat es.

Er griff, hinter mir stehend, an den BH. Er packte fest zu. Die drei Männer begannen Laute der Erquickung von sich zu geben. Dann bewegte Thorsten die Körbchen ein klein wenig zur Seite und von oben nach unten. Danach griff er in eine Schale des Büstenhalters hinein und befreite einen Busen. Die drei Männer standen von ihren Stühlen auf und kamen etwas näher.

Nun wurde ich wieder nervöser. Was kam wohl als Nächstes? Mir stand wieder der Schweiß auf der Stirn. Thorsten drehte sich kurz um und reichte mir mein Glas. Er sagte, dass ich einen kräftigen Schluck trinken sollte.

Ich tat es.

Danach stellte er das Getränk wieder ab und griff mit zwei Fingern nach den freien Nippeln. Der wurde direkt hart. Er spielte mit ihm, indem er ihn immer wieder lang zog. Dann bat er einen der drei Männer zu mir.

Sofort drehte ich meinen Kopf zu Thorsten um. Ich sah ihn zweifelnd an. Als ich meinen Blick wieder nach vorne richtete, stand der angetrunkene Mann schon unmittelbar vor mir. Er stank. Er stank nach Schweiß, Bier und Zigaretten. Es war furchtbar. Mein Herr griff nun unter meine Brust und streckte sie dem Fremden etwas entgegen.

»Sehr gerne!«, äußerte dieser und schon war sein Mund an meinem linken Busen. Er leckte ihn, er nahm meine Brustwarze in den Mund, saugte daran und zog sie mit seinen Zähnen lang. Es war ein komisches Gefühl, das ich währenddessen empfand. Es war eine Mischung aus Ekel, Aufregung und ein klein wenig Ärger darüber, dass ich hier mit fünf völlig fremden Männern, barbusig in einer verfallenen Kneipe stand, und es weit und breit niemanden gab, der mir hätte helfen können.

Als sich der Mann etwa zwei Minuten mit meiner Brust amüsiert hatte, schickte mein Herr ihn wieder zurück zu den anderen Männern.

Nachdem er mir nun meinen BH komplett ausgezogen hatte, schritt er wieder vor mich und gesellte sich zu seinen „Freunden".

Er musterte mich und dann sagte er, dass ich ein klein wenig auf und ab hüpfen sollte.

Ich tat es.

Meine Brüste wippten rauf und runter. Es schien den Herren zu gefallen, da sie meine Bewegungen mit ihren Händen nachahmten und sich dabei köstlich zu amüsieren schienen.

Dann hatte mein Herr genug Bewegungen gesehen. Er sagte mir, dass ich aufhören und mein Glas austrinken sollte.

Auch dies tat ich.

Ich ging zum Tresen, trank das Glas aus und stellte es dort ab.

Thorsten sagte mir, dass ich zwischen den beiden Hockern stehen bleiben sollte, was ich befolgte. Er lobte mich und ich bedankte mich für seine positiven Worte.

Nun forderte er mich auf meinen Minirock auf den Boden gleiten zu lassen.

Da das warme Gefühl in meinem Bauch mich etwas hemmungsloser werden ließ, und auch meine Aufregung verdrängte, tat ich es. Der Mini wanderte auf die Erde. Nun stand ich da. Vier Männer gafften mich an und ich trug nur ein paar halterlose Strümpfe, rote Lederheels, die kurz unter meinen Knien endeten und meinen Spitzenstring.

Nachdem mich Thorsten lange genug gemustert hatte, befahl er mir, dass ich auf allen Vieren zu ihm kommen sollte.

So ging ich also, nach einem kurzen Zögern, herunter auf den Boden und krabbelte langsam auf meinen Herrn zu. Ich weiß nicht, ob es nur der Alkohol war, oder ob ich mittlerweile auch so einen Teil meiner Hemmungen abgelegt hatte, aber diese Sache gefiel mir.

Ich bewegte mich langsam und immer so, dass ich kräftig mit meinem Po wackelte, und sich meine Brüste ordentlich bewegten.

Ich genoss die Blicke der vier Männer. Aber vor allem die meines Herrn Thorsten. Ich bemühte mich nur sehr langsam voranzukommen, damit ich diese Sache so lange wie möglich erleben konnte.

Das schien Thorsten allerdings zu merken und befahl mir, dass ich mich schneller und weniger aufreizend bewegen sollte.

Dies tat ich nicht.

Das war ein Fehler!

Eh ich mich versah hatte er ein Spankingpaddel hinter seinem Rücken hervorgeholt und kam schnell auf mich zu. Als er ausholte, erschrak ich, und stieg mit meinem Oberkörper auf. Nur meine Knie waren noch am Boden. Er holte aus. Ich schloss meine Augen, hielt mir die Hände davor und dann knallte es furchtbar laut. Im ersten Moment dachte ich einen Schmerz zu spüren und mir kamen die Tränen, aber Thorsten hatte das Brett, kurz vor mir, auf den Boden knallen lassen.

Es nahm meine Hände vorm Gesicht weg und ich sah das Holzstück vor mir. Dann blickte ich, mit einer, die Wange herunterlaufenden Träne, meinem Herrn ins Gesicht.

Man - sah der wütend aus!

Ich bekam wieder Angst.

»Das wird diesmal kein gutes Ende nehmen!«, dachte ich.

Ich wartete, dass er was sagen sollte, aber er stand nur da. Er sah mich an. Dann hob er das Brett vom Boden an und richtete sich wieder auf. Er hielt das Schlagwerkzeug so, als ob er es mir gleich auf den Po klatschen lassen wollte. Dann kam der Befehl, auf den ich in dieser Situation gerne verzichtet hätte, den ich aber erwartet hatte:

»Dreh dich um! Dreh dich um, du ungehorsame, kleine Töle!«, sagte er in einem Ton, der in mir schon mehr Schmerzen verursachte, als alle Schläge, Quetschungen und Beinbrüche, die ich in meinem ganzen Leben bereits erlitten hatte, zusammen.

Mein Verstand sagte mir, dass es ein großer Fehler sein würde sich umzudrehen, aber die Gewalt seiner Stimme zwang mich trotzdem es zu tun.

Diese Drehung kam mir vor, als würde ich sie in Superzeitlupe ausführen. Ich denke, dass es gut eine Minute dauerte, bis ich mich um 180 Grad gewendet hatte.

Thorsten hielt mir nun ein Stück Holz, einen Ast oder etwas Ähnliches, vors Gesicht, und sagte mir, dass ich ihn in den Mund nehmen und den Barkeeper ansehen sollte.

Der schaute mich an. Er grinste.

Was ich in diesem Moment fühlte, kann ich nicht in Worte fassen. Die Angst, die Aufregung – einfach unbeschreiblich. Am schlimmsten war, dass ich nicht wusste, wie sich ein richtiger Schlag mit einem Spankingpaddel anfühlt.

Ich schloss meine Augen und wartete. Ich wartete lange. Dann gab es eine Berührung. Ich zuckte zusammen. Ich schrie und spürte den Schmerz, obwohl Thorsten lediglich meinen Tanga berührt und ausgezogen hatte.

Nun streichelte er über meinen Kopf und sagte mir, dass ich ein gutes Mädchen sei.

Das Paddel legte er vor meinem Gesicht auf den Boden, sodass ich sehen konnte, dass er mich damit nicht mehr schlagen wollte.

Im ersten Moment war ich erleichtert. Er nahm mir den Stock aus dem Mund und legte ihn zu dem Schlaginstrument. Doch da kam mir ein böser Gedanke. Was ist, wenn er mich nur in Sicherheit wiegen wollte, und ein zweites Paddel dabei hatte!? Wenn ich gleich doch meine Strafe erhalten würde?

Aber da ging meine Fantasie mit mir durch. Anstatt mich zu schlagen, begann er meinen Po zu küssen.

In unserer Hochzeitsnacht hatte er mir dann verraten, dass diese Aktion ein Test war. Er sagte mir, wenn ich mich nicht herumgedreht hätte, wäre das ein Beweis für fehlendes Vertrauen gewesen, und er wäre auf der Stelle nach Hause gegangen. So konnte unser Spiel weiter gehen.

Er küsste also meinen Po.

Kurz darauf nahm er seine Hände dazu und streichelte mein Gesäß. Er rieb und knetete es. Es war ein schönes Gefühl, vor allem weil ich wusste, dass die drei anderen Typen ebenfalls hinter mir standen und zusahen, wie mein Herr mit mir tat, was er wollte. Ich selbst sah nach vorne zum Barmann. Er hatte sich auf die Theke gesetzt und beobachtete mich. Er grinste mich frech an und ich tat es ihm gleich.

Dann drückte Thorsten meine Pobacken auseinander und fuhr mit einem Finger über das dort befindliche Löchlein. Er rieb es. Es gefiel mir.

Doch plötzlich fuhr mir wieder ein schauriger Gedanke durchs Hirn.

Bin ich denn an der Stelle auch sauber? Was passiert wohl, wenn mein Herr seinen Finger hineinschob, und dann Schmutz daran hätte? Sofort war meine kürzlich gewonnene Sicherheit und Ruhe verschwunden.

Der Barkeeper schien es in meinem Gesicht ablesen zu können. Er hob seinen linken Zeigefinger und bewegte ihn so hin und her, wie man es bei kleinen Kindern macht, um ihnen zu drohen. Ich schluckte.

»Du hast einen sehr schönen Po, kleine Lady.«, bemerkte Thorsten und gab jeder Hälfte einen leichten Klaps.

Ich bedankte mich für das Kompliment und bemerkte, dass Thorsten aufgestanden war.

Dreh dich um 90 Grad nach rechts!«, forderte er von mir.

Ich tat es.

Sofort wanderten meine Blicke nach rechts, wo ich versuchte meinen Herrn zu entdecken. Er hatte sich wieder auf den Stuhl gesetzt, auf dem er eben schon saß.

»Bist du geil?«, fragte er neugierig.

»Oh ja, Herr!«, erwiderte ich.

»Hast du Lust auf Geschlechtsverkehr?«, erkundigte er sich weiter.

»Oh ja, Herr!«, wiederholte ich.

»Dann sollst du Befriedigung erhalten, sobald du darum gebettelt hast.«, erklärte er mir.

Ich zögerte einen Moment. Zunächst einmal hatte ich damit jetzt nicht gerechnet, und zweitens suchte ich nach den richtigen Worten, die mir dann alsbald über die Lippen kamen:

»Ich würde es sehr nett von Ihnen finden, wenn Sie meiner Geilheit Befriedigung verschaffen könnten, mein Herr!«, bettelte ich mit demütiger Stimme und sah ihm dabei direkt in die Augen.

Er blickte zurück. Dann zeigte er der Reihe nach auf die drei Männer und erklärte:

»So sei es!«

Ich riss meine Augen weit auf. Auch damit hatte ich nicht gerechnet. Werden diese drei Männer nun der Reihe nach mit mir verkehren oder alle gleichzeitig? Ich hatte noch nie drei Männer zur selben Zeit in meinem Körper vereint. Und wo sollte dann noch Platz für meinen Herrn sein? Oder wollte er gar keinen Sex mit mir haben? Ist es so, dass der Herr nur zusieht, wie die Frau von Fremden genommen wird? Wie kommt der Herr denn dann zu seiner Befriedigung?

Im Nachhinein fand ich es komisch, dass mit in dieser Situation solche Gedanken durch den Kopf gingen, aber so war es nun einmal.

Mein Herr teilte den Männern mit, wo sie sich zu platzieren hatten. Der Mann, der zu Beginn das Weizenbier trank, sollte sich unter mich legen und meine Scheide ausfüllen. Der Mann, der die Zigarette rauchte, sollte meinen Anus beglücken und der verbliebene Mann durfte sich meiner Zungenfertigkeit erfreuen.
Mein Herr betrachtete sich dieses Szenario von seinem Stuhl aus. Er saß da, wie ein Pascher. Er ließ sich eine Cola kommen und schaute regungslos zu, wie diese drei Männer mit meinen Körperöffnungen spielten. Es war ein geiles Gefühl. Wirklich geil. Anders kann ich es nicht beschreiben. Ich kam mir zwar wie eine Nutte vor, oder eine billige Pornodarstellerin, aber es war total geil. Das Stöhnen der Männer und das Wissen, dass Thorsten zusah, und es bestimmt sehr genoss, mich so zu sehen.

Des weiteren erfreute ich mich an dem Gefühl, total ausgefüllt zu sein. Um dieses Wohlbefinden zu fördern, begann ich laut zu stöhnen und meiner Lust freien Lauf zu lassen.

Bei der Wahl der Öffnungen hatte mein Herr nur Treffer gelandet, denn der Mann, der vor mir stand, roch überhaupt nicht nach Schweiß und auch sein Schweif war „lecker". Er schmeckte irgendwie nach Kirschen und der Mann mit dem größten Glied lag unter mir.

Die ganze Sache dauerte etwa drei, vier Minuten, dann war der Mann, der meinen Po bearbeitete soweit, dass er seinen Saft versprühen konnte. Mein Herr bat ihn nach vorne zu kommen und mir alles ins Gesicht zu geben. Der Herr an meinem Mund sollte nun zu meinem Hintertürchen gehen. Mir verbot er derweil, das Sperma mit meinem Mund aufzunehmen, da der gesamte Saft in meinem Gesicht bleiben und dort hart werden sollte.

Alles geschah so, wie Thorsten es wollte. Der Mann schenkte mir eine große Ladung Sperma. Dadurch, dass ich mein Gesicht leicht anhob, versuchte ich das Verlaufen der Flüssigkeit und das auf den Boden tropfen zu verhindern. Als er mir alles gegeben hatte, setzte sich der Herr, mit hochrotem Kopf und sichtlich erschöpft, etwa zwei Meter von mir entfernt, auf den Boden.

Kurz darauf war dann der Mann, der meine Zunge spüren durfte, an seinem Höhepunkt angelangt. Auch er kam nach vorne und tat es seinem Vorgänger gleich. Auch er setzte sich dann vor mich hin, sodass ich ihn sehen konnte. Ich muss gestehen, dass ich ein kleines bisschen Stolz auf mich gewesen bin, dass ich diese beiden Typen so geschafft hatte.

Mein Herr sagte mir nun, dass ich meinen Kopf zu ihm drehen sollte, damit er mein verschmiertes Gesicht sehen konnte.

Ich tat es.

Ich sah ihn an und stellte fest, dass er eine ziemlich große Beule in seiner Hose hatte, aber trotzdem machte er nicht die geringsten Anstalten sich anzufassen oder aufzustehen, damit er sich an einer meiner Öffnungen erfreuen oder gar entladen konnte. Ganz im Gegenteil.

Er saß vor mir auf dem Stuhl und ich war nicht in der Lage zu erkennen, welche Emotionen in ihm vorgingen. Sein Gesicht war wie versteinert. Völlig regungslos. Das verwirrte mich. Machte ihn diese Sache doch nicht an? Hätte ich mich vielleicht sträuben sollen, damit er seine Dominanz mehr hätte ausleben können? Mache ich jetzt irgendwas falsch? Sollte ich mich gegen diese Benutzung wehren? Ich wusste es nicht.

Ich tat nichts.

Er hätte mir wohl gesagt, wenn etwas falsch wäre. Außerdem hätte er die Sache bestimmt unterbrochen, wenn es ihm so nicht gefallen hätte.

Dann war auch der dritte Typ soweit. Er kam nach vorne und entlud seinen Amigo in meinem Gesicht. Daraufhin setzte auch er sich zu den beiden anderen Herren und war völlig erschöpft. Ich sah wieder zu meinem Herrn, der mich immer noch emotionslos ansah.

Ich muss gestehen, dass auch ich ziemlich geschafft war, obwohl ich keinen Orgasmus erlebt hatte.
Vor allem mein Poloch tat mir etwas weh.

Nun befahl mir Thorsten, dass ich mich vor ihm hinknien sollte.
Ich tat es.
Er sah zu mir runter – ohne sich irgendeine Art von Regung anmerken zu lassen. Er betrachtete nur mein verschmiertes Gesicht. Er ließ mich einfach vor sich sitzen.
Es vergingen etwa zehn Minuten, bis das Sperma in meinem Gesicht richtig hart geworden war und sich endlich wieder was tat. Er winkte den Barkeeper zu sich, der meine Kleider mitbrachte. Thorsten befahl mir, sie anzuziehen.
Ich gehorchte.
Dann sagte er mir, dass ich nach Hause gehen sollte. Er würde sich die Tage abends zwischen 20 und 21 Uhr im Chat bei mir melden, und ich

sollte sehen, dass ich dann online wäre. Wenn es so wäre, würde er mich in seinen Besitz nehmen und sich künftig um mich kümmern. Wenn ich nicht da wäre, wenn er online kommt, dann wäre die Sache für ihn erledigt. Er erklärte mir, dass man bei ihm niemals eine zweite Chance bekommen würde.
Danach forderte er mich auf endlich zu verschwinden, bevor er es sich anders überlegen würde.
Ich bedankte mich für die Benutzung, machte einen Knicks vor ihm und ging dann nach Hause.

Der Heimweg war mir noch viel peinlicher, als der Weg zu der Kneipe. Nur gut, dass es mittlerweile schon ziemlich spät war, sodass ich kaum noch Leuten begegnete, die mein versautes Gesicht sehen konnten. Ich wechselte auf dem Nachhauseweg öfter mal die Straßenseite oder hielt mir die Hand vors Gesicht, damit die Leute das Sperma nicht so deutlich sehen konnten.

Zu Hause angekommen ging ich ins Bad und schaute in den Spiegel. Mein Gesicht war total verkrustet. Allerdings sollte ich gestehen, dass ich lächeln musste, als ich mich eine Zeit lang betrachtet hatte. Das konnte der Anfang einer tollen Sache werden, dachte ich so bei mir, zog mich aus und ging duschen. Als ich damit fertig war, legte ich mich in mein Bett und schlief zufrieden ein.

Als wir Jahre später unsere Hochzeit planten, fragte ich ihn, ob wir so etwas nicht wieder tun könnten. Diesmal wäre ich aber lieber in einer anderen, größeren Kneipe, wo mehr Leute zusehen und mich benutzen würden. Da gestand er mir, dass die eben beschriebene Sache ein arrangiertes Spiel war. Die Kneipe hatte er für 50 Euro vom Hausbesitzer für diesen Abend angemietet und die vier Männer wären Typen aus dem Internet gewesen, die er gebeten hatte, mitzuspielen. Er hätte das damals, bei ersten

Treffen, öfter gemacht, da er sehen wollte, wie die Frauen auf solche Vorgänge reagierten.
Ich fand dieses Geständnis zwar schade, weil es diesem besonderen Abend in meinem Leben die Würze nahm, da ich es aber erst sehr viel später erfuhr und ich an jenem Abend keinen blassen Schimmer hatte, war es mir andererseits auch egal. Diese Gefühle und Eindrücke, die ich an jenem Abend in dieser verfallenen, versifften Kneipe erfahren hatte, konnte mir niemand mehr nehmen.

5. Kapitel

Gegen 9 Uhr morgens erwachte ich aus einem festen und angenehmen Schlaf.
Als ich aufstand, was Michael immer noch nicht zurück. Also kochte ich mir eine Tasse Kaffee und setzte mich ins Wohnzimmer. Ich schaltete den DVD-Player ein und sah mir meine Lieblingsserie an. In Gedanken spielte ich den letzten Abend noch einmal durch und kam zu

dem Ergebnis, dass es gut gelaufen war. Ich durfte nur nicht vergessen heute Abend um 20 Uhr online zu sein, damit ich Thorsten nicht verpasste, falls er sich den heutigen Tag ausgesucht hatte.

Gegen 11 Uhr kam Michael nach Hause. Er war total erschöpft. Ohne ein Wort zu sagen, ging er in sein Zimmer und schlief bis 19 Uhr abends.

Ich machte mir einen faulen Tag. Ich stöpselte das Telefon aus, schaltete die Klingel ab und sah bis 20 Uhr DVDs.

Dann ging ich online.

Thorsten kam allerdings nicht.

Na ja, wäre auch ein bisschen einfach gewesen, wenn er direkt am nächsten Tag schon da gewesen wäre, um die Sache mit mir festzumachen. Ich fragte mich, was er wohl gerade tat? Ob er sich mit einer anderen Frau traf, um eine größere Auswahl an Damen zu haben? Oder schrieb er an einem neuen Buch? Vielleicht eines, dass von den Erlebnissen des letzten Abends handelte? Jedenfalls gefiel mir der Gedanke nicht, dass ich nicht wusste, was er tat. Er hatte sich bestimmt mit einer anderen getroffen. Ich war plötzlich so wütend auf ihn. Um Punkt 21 Uhr schaltete ich den PC aus, holte mir eine Flasche Wein aus dem Keller und trank sie in einer halben Stunde aus. Dann ging ich schlafen, was auch bitter nötig war, denn am nächsten Tag hatte ich ja den Termin bei der Softwarefirma.

6. Kapitel

Als ich erwachte, war ich immer noch wütend auf Thorsten. Aber was sollte es jetzt? Vielleicht stand er ja auch auf „One-Night-Stands". Was wusste ich denn schon von ihm? Er war bestimmt genauso ein Mistkerl, wie alle Kerle Mistkerle sind, dachte ich und machte mich fertig für mein Vorstellungsgespräch.

Ich zog mir eine rote Bluse, einen roten Blazer, einen roten Spitzen-BH, einen roten, knielangen Rock, durchsichtige halterlose Strümpfe und rote Pumps an.

Dann machte ich mich auf den Weg in die Firma. Allerdings musste ich auf halbem Weg wieder umkehren, da ich meinen Lebenslauf vergessen hatte.

Trotzdem kam ich 20 Minuten zu früh vor dem vereinbarten Raum an.

Exakt zum besprochenen Zeitpunkt empfing mich die Chefsekretärin Frau Schneider und stellte mir die üblichen Fragen. Ich schien ihr gut zu gefallen und auch mein Lebenslauf schien die Erwartungen, die man in eine Praktikantin setzte, zu erfüllen.

So war das Gespräch nach 15 Minuten beendet und ich durfte direkt am nächsten Tag anfangen. Ich sollte täglich, außer montags, von 8.30 Uhr bis 16.00 Uhr arbeiten und bekam dafür etwa 800 Euro Gehalt. Nicht schlecht für eine Praktikantin. Meine Aufgabe war es gewesen, Frau Schneider zu unterstützen, was im Klartext hieß, dass ich all den Kram erledigen musste, für den sie keine Zeit oder keine Lust hatte. Aber was soll`s. Die Kohle stimmte und es blieb eine Menge Geld für mich übrig.

Um die Dinge, die ich für mein Studium lernen musste, kümmerte ich mich von Samstag bis Montag. Ich kaufte mir eben die entsprechenden Bücher und lernte so, was ich für die Klausuren wissen musste. In den zweimal drei Wochen, in denen ich meine Semesterabschlussklausuren schreiben musste, wurde mir Sonderurlaub gewährt.

Meine ersten drei Tage in der Firma liefen prima für mich. Alle waren nett zu mir, jeder half mir dabei, mich zurechtzufinden und auch sonst konnte ich mich über nichts beklagen.

Allerdings hatte ich bis jetzt noch keine Rechtfertigung für den zweifelhaften Ruf mitbekommen, den diese Firma saarlandweit genoss. Ganz im Gegenteil. Alles lief seriös und nach Vorschrift ab. Mann kontrollierte sogar, dass jeder Mitarbeiter seine vorgeschriebenen Pausen einhielt. Hatte Charlotte ihre Freundin

Caro etwa belogen? War der Ruf dieser Firma nur ein Märchen? Ich versuchte mich in Situationen zu bringen, um dies herauszufinden, aber was ich auch tat (Cola auf die Bluse schütten, mit offener Bluse neben dem Kopierer sitzen, meinem Chef ohne BH den Kaffee zu bringen oder mir eine Hand in der Tür zu quetschen) niemand wollte etwas anstößiges, unanständiges mit mir machen. Es war zum aus der Haut fahren.

Dazu kam, dass sich auch Thorsten nicht mehr bei mir gemeldet hatte. Ich ging die gesamte Woche jeden Abend um 20 Uhr online und wartete auf ihn – aber er kam nie.

Dann war Freitag.

Mein Chef sagte mir, bevor ich in die Mittagspause ging, dass ich wichtige Vertragsunterlagen in die Druckerei bringen sollte, damit die schnell 15 Vertragsordner für ein Großprojekt erstellen konnten, was ich dann aber leider „vergessen" hatte zu tun.

Als meine Pause zu Ende war, ging ich wieder zu meinem Platz, der sich neben dem

Schreibtisch von Frau Schneider befand, und ging meiner Arbeit nach.

Im Raum links von uns war das Büro des Bosses und rechts davon was der Konferenzsaal, wo sich Herr Müller-Schleich, so war der Name den 58-jährigen Chefs, gerade mit den fünf Kundenvertretern besprach.

Dann ging die Tür auf und er bat mich einzutreten. Ich nahm den großen schwarzen Ordner in die Hand und folgte ihm in den Nachbarraum.

In ihm befanden sich, wie gesagt die fünf Männer, die allesamt schwarze Nadelstreifenanzüge, schwarze Socken und gleichfarbige Lackschuhe trugen. Der große Tisch, in der Mitte des Raumes, bot etwa 15 Leuten auf jeder Seite Platz. Gegenüber dem Eingang war ein großes Panoramafenster, welches den Raum mit Licht zu überfluten schien.

Wir befanden uns im 8. Stockwerk und man konnte vom Fenster aus, einen nahegelegenen

Badesee erkennen, der sich inmitten einer Freizeitanlage befand.

Ich selbst trug dasselbe wie montags, nur eben in schwarz, anstatt rot. Ebenso trug ich die durchsichtigen Halterlosen. Für den Job hatte ich mir dieses Outfit in insgesamt fünf verschiedenen Farben gekauft (weiß, rot, schwarz, blau und gelb). Meine Haare trug ich während der Arbeit geschlossen, am Hinterkopf zu einem Knoten verpackt.

Als wir den Raum betraten, stellte mich mein Chef vor. Die fünf Männer, allesamt Asiaten, standen auf und verbeugten sich vor mir. Ich verbeugte mich ebenso.

Dann kam, so hoffte ich zumindest, meine große Stunde. Mein Chef sagte mir, dass ich die Verträge, jeweils in 3er-Packen, an die Herren übergeben sollte.

Verschämt sah ich unter mich und äußerte kleinlaut, dass ich sie nicht hatte drucken lassen. Ich blickte kurz zum Chef auf. Ich erkannte seinen bösen Blick.

»Ich war auf dem Weg zur Druckerei, da bin ich Frau Anne Teufel von der Buchhaltung begegnet und wir kamen ins Gespräch. Dann hatte ich es vergessen.«, log ich ihn an.

Herr Müller-Schleichs Kopf wurde rot. Er war kurz davor zu explodieren.

Wenn ich seine Tochter oder wir alleine in diesem Raum gewesen wären, er hätte mir bestimmt die Tracht Prügel meines Lebens verpasst. Wutgeladen öffnete er die Tür zum Sekretariat und bat Frau Schneider für eine Stunde in die Stadt zu gehen oder sonst etwas zu tun.

Dies erfuhr ich später von ihr. Wir konnten in dem Raum ja nicht hören, was außerhalb gesprochen wurde.

Dann kam er wieder zurück, hatte ein freundliches Grinsen für seine Kunden auf dem Gesicht und drehte sich zu den fünf Asiaten um. Er stand nun unmittelbar hinter mir, am Kopfende des Tisches. Die Männer befanden sich auf der linken Seite, an den Plätzen drei bis sieben, und starrten uns an.

»Was ist denn nun mit unseren Verträgen?«, wollte ein Kunde wissen.

»Nun ja, meine Herren, es ist mir sehr unangenehm Ihnen das mitteilen zu müssen, aber unser hochverehrtes Fräulein de Angelo hat vergessen, die ausgefertigten Verträge drucken zu lassen, sodass ich Sie leider auf einen Termin nächste Woche vertrösten muss.«, erklärte mein Chef.
Verschämt blickte ich auf den Boden. Aber innerlich grinste ich frech.

»Wir sind extra aus Berlin hierher gekommen, um das Geschäft mit Ihnen abzuschließen, werter Herr Müller-Schleich. Durch eine solche Verzögerung verliert meine Firma täglich 1200 Euro. Außerdem kommen noch die Kosten und der Zeitaufwand für die zweite Anreise hinzu. »Wie gedenken Sie uns zu entschädigen?«, wollte ein anderer Kunde wissen.

»Nun ja!«, antwortete mein Chef etwas zögerlich, begann seinen Unterleib an meinem Po zu reiben und fuhr fort, »Ich denke, dass Fräulein de Angelo Sie vielleicht ein klein wenig entschädigen könnte, oder?«

Er sah mich über die linke Schulter an. Ich tat so, als ob ich nicht wissen würde, was er meinte. Er rieb sich weiter an mir.

»Oder, Fräulein de Angelo?«, fragte er nun energischer.

»Das mache ich nicht!«, sagte ich leise zu ihm.

Innerlich jubelte ich, und konnte das Folgende kaum erwarten.

»Wenn Sie es machen, dann können wir ab Montag über eine Gehaltsaufbesserung und eine Festanstellung sprechen.«, flüsterte er mir leise ins Ohr.

Ich grinste. Der Gedanke die Firmenschlampe zu sein, gefiel mir. Dann erwiderte ich sein Reiben, indem ich meinen Po zu bewegen begann. Müller-Schleich lächelte und nickte.

Dann nahm ich seine Hände und führte sie zu meinen Brüsten. Er packte sie richtig fest an und knetete sie. Ich wendete meinen Blick den Kunden zu, dann schloss ich meine Augen und begann leise zu stöhnen. Ich hörte, dass die Asiaten aufstanden. Mein Chef öffnete meine Bluse und zog sie mir aus.

Danach ließ er von mir ab und trat zur Seite. Sofort spürte ich die Hände der fünf Männer. Zwei beschäftigten sich mit meinen Beinen und einer stand hinter mir und öffnete meinen Rock. Ein weiterer hatte sich vor mir platziert und befasste sich mit meinem Busen. Der Letzte, und das ist kein Witz, zückte seine Kamera, machte Fotos und filmte diesem Vorgang.

Mein Chef setzte sich auf den fünften Stuhl der linken Tischseite und sah uns zu.

Da war also schon wieder dieses Phänomen, dass der Chef selbst, keine Hand an seine Untergebene anlegte, genau wie bei Thorsten in der Kneipe.

Aber das war mir in diesem Moment egal. Ich hatte meine Firma zu entschädigen, indem ich mich wie ein Möbelstück, für unsere Kunden zur Verfügung stellte. Der Kunde ist König. Was er will, das muss getan werden! Nach ganz kurzer Zeit hatten mich die Männer komplett entkleidet. Sie küssten meine Beine, meinen Po und meine Brüste. Es war ein herrliches Gefühl von so vielen Kerlen gleichzeitig benutzt zu werden.

Da sie scheinbar nicht wussten, wie weit sie gehen durften, bestieg ich bald darauf den Tisch. Ich hielt die Hündchenstellung für angemessen.

Als mein Chef dies sah, zwinkerte er mir zu und hielt mir seinen erhobenen Daumen entgegen. Dabei nickte er zufrieden.

Den Herren hinter mir streckte ich nun meinen blanken Po und auch noch andere Dinge entgegen. Diese ließen sich nicht zweimal Bitten. Keine Minute später waren alle entkleidet.

Und genau wie in der Kneipe, spürte ich nun drei männliche Genitalien in meinen Körperöffnungen.

Der Mann, der die Kamera hatte, überreichte sie meinem Chef und machte dann auch mit. Die beiden Männer, die in mir keinen Platz mehr fanden, durften ihre kleinen Freunde meinen flinken Händen anvertrauen. Dies war mir möglich, da der Mann auf dem ich lag, genug Halt für so eine Aktion bot. So konnte ich also fünf Herren gleichzeitig befriedigen. Ein Gefühl, das ich jeder Frau nur empfehlen kann, auch mal zu erleben.

Sie nahmen mich, als ob es kein Morgen mehr geben würde, und ich ließ sie gewähren. Es war einfach zu geil. Ich befand mich nackt und ohne Wahl, zwischen fünf fremden Männern, im Konferenzsaal und mein Chef machte Fotos oder kleine Filmchen davon.

Das Stöhnen um mich herum wurde von Stoß zu Stoß lauter und schwerer. Der Mann, der meinen Po bearbeitete, begann an meinen Haaren zu ziehen, woraufhin sich die beiden

Männer, deren kleine Freunde von meinen Händen umschlossen waren, ebenfalls dazu entschieden, mein Haupthaar in die Hand zu nehmen und es ihm gleich zu tun. Der Schmerz, der davon ausging, störte mich nicht. Ganz im Gegenteil wurde meine Lust dadurch nur noch gesteigert. Ich war nun tatsächlich kurz davor einen Höhepunkt zu erleben. Dieser kam heftig und lange. Gleich zweimal hintereinander schwebte ich im siebten Himmel.

Dann war auch der erste der Herren soweit. Es war wieder der Mann in meinem Po. Er kam nach vorne und der Asiate, der meinen Mund ausfüllen durfte, ging nach hinten. Dann bekam ich die erste Ladung in mein Gesicht. Es war nicht viel, aber dafür sehr dickflüssig. Gerade, als dieser seine Sache nun beendet hatte, und vom Tisch herabstieg, kam der Mann, der unter mir lag, zu meinem Gesicht und saute mich noch mehr ein.

Da nun zwei Körperöffnungen frei wurden, verteilten sich die beiden Männer, deren Freude bisher in meinen Händen lag, an den entsprechenden Stellen, und der Akt ging munter weiter.

Ebenso wie die Kerle in der Kneipe, waren auch die Herren Geschäftsleute total erledigt von ihrem freudigen Erlebnis und saßen geschafft und etwas aus der Puste, neben meinem Chef. Der Anblick gefiel mir, und das Wissen diese reichen und einflussreichen Leute fertig gemacht zu haben, gab mir das Gefühl, eine ganze Frau zu sein. In diesem Moment war ich sehr stolz auf mich.

Es dauerte nicht mehr lange und auch die letzten drei Herren waren an ihrem Höhepunkt angelangt. Da auch ich noch einen weiteren Orgasmus erleben durfte, war es mir sehr recht, dass die Sache ein baldiges Ende fand.

Nun sah ich sie alle vor mir. Meinen Chef, mit einem glücklichen Gesichtsausdruck und die fünf Asiaten, die sich nackt und völlig fertig neben mir herumlümmelten. Ich selbst blieb erschöpft und außer Puste auf dem Tisch liegen. Meine Löcher brannten und taten ein kleinwenig weh, aber es war ein schöner – ein

guter Schmerz. Mein Gesicht war total eingesaut und gelegentlich lief mir etwas Freudensaft über die Augen.
Da ich nicht wusste, ob ich es lassen oder entfernen sollte, ließ ich es so, wie es war, und wartete ab, was nun passieren würde.

Ich jedenfalls war stolz auf mich. Ich hatte soeben fünf Männer fertig gemacht. Ich hatte meinen Job getan. Das war ein tolles Gefühl.
Nach einer Weile stand mein Chef auf, machte noch ein paar Fotos von mir und gab die Kamera dann wieder an einen der Kunden zurück. Danach ging er an mir vorbei, gab mir einen Klaps auf den Po und sagte mir, dass ich die Schweinerei sauber machen, mich anziehen und nach Hause gehen sollte. Am Montag würden wir über meine neue Stelle sprechen. Dann öffnete er die Tür, drehte sich noch einmal um und nickte mir positiv bestärkend zu.
Als die Tür aufging, konnte ich Frau Schneider sehen, ebenso wie sie mich erblicken konnte.

Dieser Moment war mir peinlich. Was sie wohl von mir dachte? Immerhin war sie schon 25 Jahre bei Herrn Müller-Schleich. Sie schien so korrekt und anständig zu sein. Sie hätte so etwas bestimmt niemals gemacht.

Anscheinend merkte sie, dass ich ihretwegen nicht aus dem Raum herauskam, sodass sie ihn betrat. Zu diesem Zeitpunkt waren die Kunden schon längst gegangen und ich hatte mich bereits wieder angezogen und am Waschbecken gesäubert.
In ihrer rechten Hand hielt sie eine dunkle Mappe.
Als ich Frau Schneider sah, blickte ich zuerst verschämt auf die Seite, dann Richtung Fenster. Ich konnte ihr nicht in die Augen sehen. Diese anständige Frau verurteilte mein Tun bestimmt zu tiefst und sie würde mir künftig das Leben in der Firma zur Hölle machen. Ich setzte mich auf den Stuhl, der direkt am Fenster stand, und sah hinaus. Ich hoffte, dass sie nach einer Weile einfach gehen und mich in Ruhe lassen würde.

Kurz darauf hielt sie mir, ohne etwas zu sagen, die schwarze Mappe vor die Augen. Darin waren Fotos, die Frau Schneider nackt, in eben diesem Konferenzsaal, zeigten, wie sie dort, ebenso wie ich, auf dem Tisch lag und ein völlig versautes Gesicht hatte. Ich griff mir die Mappe und blätterte darin. Dann sah ich zu ihr auf. Sie grinste. Ich lächelte zurück.

»Ich könnte dir mit Sicherheit noch viele Dinge beibringen, Kindchen!«, sagte sie mit einem stolzen Unterton in der Stimme.

»Davon bin ich überzeugt, Frau Schneider!«, erklärte ich und stand auf.

Ich wollte sie umarmen oder küssen, aber sie ging ein paar Schritte zurück.

»Nicht jetzt, Esther. Nach einer solchen Session brauchst du erst einmal Ruhe und Erholung. In deiner jetzigen Verfassung könntest du meine Nummern auch gar nicht mehr richtig genießen.«, sagte sie, nahm ihre Mappe und wünschte mir ein schönes Wochenende.

Dann verließ sie den Raum.

Auch ich ging kurz darauf nach Hause.

2. Abschnitt

7. Kapitel

Als ich zu Hause ankam, war es 17 Uhr. Michael war nicht da. Ich ging in mein Zimmer und legte mich auf mein Bett. Meine Löcher taten immer noch etwas weh, aber es war immer noch ein guter – ein schöner Schmerz, den ich da spürte. Ich zog mich nackt aus und sah an mir herunter.

»Mit diesem geilen Body habe ich sie alle fertig gemacht!«, lobte ich mich selbst und musste grinsen.

Ich begann damit, mir über den Körper zu streicheln. Zuerst fasste ich meine Brüste an. Danach wanderten meine flinken Fingerchen über meinen Bauch, hinunter zu den Oberschenkeln und dem Ort, der zwischen den

Schenkeln und dem Bauchnabel liegt. Ich wurde durch die Erlebnisse der letzten Tage dermaßen angeregt, dass ich mich in einen wahren Rausch streichelte.

Hin und wieder gönnte ich mir eine kleine Pause, aber die Zeit bis 20 Uhr verbrachte ich ausschließlich in meinem Bett, in verschiedenen Posen und Stellungen. Meine Lust ließ sich nicht kontrollieren oder gar eindämmen. Immer wieder war es mein dringendstes Bedürfnis Hand an mich zu legen. Dabei waren meine Fantasien so extrem, dass ich sie hier nicht wiedergeben kann. Aber ihr könnt mir glauben, dass ich in meinem Kopf hart genommen und extrem benutzt worden war. Vor allem von meinem Herrn Thorsten. Was der da mit mir so alles angestellt hatte – Wahnsinn!!

Als es kurz vor 8 war, ging ich an meinen PC und schaltete ihn ein. Gegen halb 9 war es dann endlich soweit. Thorsten kam in den Chat.
Wie versprochen, hat er mich in seinen Besitz genommen. Was das nun genau hieß, erfuhr ich

erst im Laufe der nächsten Zeit, aber an dem Abend freute ich mich, dass er sein Versprechen wahr gemacht hatte. Zur Feier unserer Vereinigung lud er mich für den nächsten Abend zu sich ein. Gerne nahm ich seine Offerte an. Er forderte von mir, dass ich ein Sommerkleidchen und einen Spitzentanga tragen sollte. Dazu die roten Lederheels und die halterlosen Strümpfe von unserem ersten Treffen. Kurz darauf war unser Chat beendet. Ich freute mich richtig auf den nächsten Abend und damit er schneller kam, ging ich direkt danach ins Bett.

Da ich am nächsten Tag fit sein wollte, fasste ich mich an diesem Abend nicht mehr an, obwohl ich noch viele, viele geile Gedanken in meinem Hirn hatte, die unbedingt umgesetzt werden mussten. So kam es, dass ich die halbe Nacht wach lag und immer wieder gegen meine Erregung ankämpfte. Gegen 3 Uhr hatte sie mich dann aber übermannt. Als gäbe es kein Morgen mehr, spielte ich mit meinem Dildo, der sowohl einen großen Teil für vorne, als auch

einen kleinen fürs Hintertürchen hatte. Ich ließ meiner Lust freien Lauf. Ich schrie und stöhnte. Ich ging so ab, dass ich nicht einmal hörte, wie Michael nach Hause kam. Als er dann plötzlich an meine Tür klopfte und erklärte, dass ich endlich still sein sollte, erschrak ich.
Das war mir nun aber mal richtig peinlich!
Ich brachte die Sache dann still zu Ende.
Kurz darauf schlief ich ein.
Leider hatte ich einen sehr unruhigen Schlaf, indem ich einen sehr ungewöhnlichen Traum hatte. Er betraf Michael und mich:

In meinem Traum hatte ich weiter lauthals geschrien und Michael wurde richtig wütend.
Nach einer Weile war er dermaßen erregt, dass er die Tür eingetreten hatte und sich vor mir aufbaute. Ich lag mit gespreizten Beinen, den Dildo in meine Löcher verteilt, auf meinem Rücken, vor ihm und er sah mich böse an. In der Hand hielt er einen Rohrstock. Ich betrachtete ihn kurz und dann machte ich weiter. Schnell rieb ich den Luststab in mir hin

und her. Ich sah meinem Mitbewohner dabei tief in die Augen. Immer lauter wurden meine Schreie und mein Stöhnen. Dann schrie mich Michael an, dass ich endlich still sein sollte. Er wolle schlafen. Ich provozierte ihn und fragte, was er denn dagegen machen wollte?

Daraufhin kam er näher und hob den Rohrstock an. Ich ärgerte ihn weiter, indem ich ihm sagte, dass er gar nicht den Mut hätte, mich damit zu schlagen. Ich stöhnte und schrie meine Lust weiter lauthals heraus. Dann riss Michael der Geduldsfaden. Er schlug so fest er konnte auf meine Oberschenkel und meinen Bauch. Sofort bildeten sich kleine Striemen, die mit jedem weiteren Schlag kräftiger wurden. Dies tat mir zwar sehr weh, aber ich spürte auch, wie es mich anmachte. Ich stöhnte und schrie immer lauter und er wurde immer wütender und schlug immer fester zu. Dann hatte ich den heftigsten Orgasmus, den ich bis dahin erlebt hatte. Unter Tränen kam es mir, wie noch nie zuvor in meinem Leben.

Dann hörte mein Mitbewohner auf, da er merkte, dass mir gefiel, was er tat. Also dachte er sich eine andere Strafe aus:

Michael zog den Lustspender aus mir heraus und warf ihn aus meinem Zimmer. Dann durchsuchte er meinen Nachttisch und entnahm ihm alle sonstigen Spielzeuge, die ich darin gebunkert hatte. Dabei beschimpfte er mich als abartige, perverse Person. So wild und wütend hatte ich meinen Mitbewohner noch nie erlebt. In diesem Moment fand ich ihn richtig animalisch. Dann nahm er zwei meiner Strumpfhosen aus der Schublade heraus und band meine Arme an die Pfosten des Bettes. Zu guter Letzt stopfte er mir eine Socke in den Mund und verließ mein Zimmer. Die defekte Tür verschloss er von außen.

Ich blieb die ganze Nacht über wach in meinem Bett liegen. Meine Arme wurden langsam taub und die Socke saugte meine Spucke auf. Die Stunden bis Michael aufstand vergingen langsam. Sehr langsam. Erst gegen 13 Uhr am Mittag hörte ich, dass er durch die Wohnung ging. Er kam an meine Tür und öffnete diese. Er betrat mein Zimmer und fragte, ob ich geschlafen hätte. Ich schüttelte den Kopf. Dann nahm er zwei weitere Strumpfhosen aus meiner Schublade und band auch noch meine Beine fest. Ich ließ es zu. Ich war so gespannt, was jetzt noch kam. Dann löste er die Strümpfe an meinen Armen ab und steckte mir eine andere Socke in den Mund. Die, die er gerade entfernt hatte, legte er auf meinen Bauch.

»Jetzt kannst du schlafen, wenn du willst.«, sagte er und verließ den Raum wieder.
Erneut hörte ich, dass er die Tür von außen verschloss. Bis 19 Uhr am Abend ließ er mich in meinem Bett liegen, ohne dass ich auf Toilette gehen konnte, oder etwas zu essen bekam.
Am schlimmsten aber war der Durst. Weil die Socke, die ich im Mund hatte, meinen Speichel aufsaugte, gelangte kaum Flüssigkeit in meinen Körper. Als Michael mich endlich befreite, fragte er mich, ob ich meine Lektion nun gelernt hätte, was ich mit einem demütigen Nicken bestätigte. Direkt danach aber rannte

ich ins Bad, wo ich mich erst einmal entleerte, bevor ich meinen Durst in der Küche löschte.

Nachdem ich mich etwas gesammelt hatte, blickte ich auf die Uhr und stellte fest, dass ich in weniger als 20 Minuten bei Thorsten sein musste. Diese Erkenntnis hatte mich so aufgewühlt, dass ich sofort aus meinem Traum erwachte und senkrecht in meinem Bett saß.

Ich schaute nach links zu meinem Wecker und stellte fest, dass er 10.19 Uhr zeigte.

Ich war erleichtert.

Dann erinnerte ich mich an meinen Traum von gerade und musste grinsen. Ohne zu zögern, griff ich in die Schublade meines Nachttisches und erlebte das Geträumte noch einmal. Als ich noch keine zwei Minuten später einen heftigen Höhepunkt erlebt hatte, sah ich meinen Luststab an und hatte ein kleines bisschen Mitleid mit ihm.

»Was dieses arme Ding in den letzten beiden Tagen alles über sich ergehen lassen musste!«, dachte ich so bei mir und ein breites Grinsen zierte mein Gesicht.

Dann stand ich auf, ging ins Bad und kochte mir in der Küche einen Kaffee. Als ich mich an den dort befindlichen Tisch setzte und die Zeitung zu lesen begann, betrat Michael den Raum. Er grüßte mich und ich tat es ihm gleich. Ich legte die Tagespresse beiseite und betrachtete ihn. Er trug blaue Boxershorts und ein weißes T-Shirt. Ich musste lächeln. Mein Traum war mir noch so gegenwärtig, dass ich wirklich das Gefühl hatte, er wäre real gewesen. In diesem Moment sah ich meinen Mitbewohner mit anderen Augen.

»Ob er es mal mit mir machen würde? Ob wir mehr als nur zusammen wohnen könnten?«, fragte ich mich und stellte dabei fest, dass ich noch nie Sex mit einem guten Freund hatte.

Ich denke, die weiblichen Leser dieses Textes wissen, was ich meine. Es gibt Typen, mit denen man sich unheimlich gut versteht, und es gibt Kerle, mit denen man Sex hat. Aber wieso kann man keinen Sex mit einem guten Kumpel haben?

Wieso müssen es immer die anderen Männer sein, mit denen man schläft?

Ich betrachtete Michael noch eine Weile, dann setzte er sich an den Tisch und sah mich ebenfalls an. Zuerst schaute er nur, dann lächelte er und ich grinste zurück. Er trank aus seiner Tasse und ich tat dasselbe. Er stellte seine ab – ich stellte meine ab.
»Was ist denn los mit dir?«, wollte er wissen.
»Was soll denn sein?«, erwiderte ich grinsend.
»Du schaust heute Morgen so komisch!«
»Wie? Komisch?«, fragte ich naiv.
»Irgendwie anders als sonst.«, sagte er ebenfalls grinsend.
Ich glaube er merkte, dass, wenn er je eine Chance bei mir haben konnte, dies genau jetzt der Fall war. Er hob seine Tasse wieder und trank daraus. Ich griff meinen Becher und trank ebenfalls.

»Was ist denn heute Morgen los? Sind das noch die Nachwirkungen, deiner Erlebnisse aus der vergangenen Nacht?«, wollte er wissen und lächelte mich verschmitzt an.

»Wer weiß, wer weiß!«, entgegnete ich ihm. Dann klingelte mein Handy. Ich sah auf das Display. Es war Caro. Ich stöhnte kurz, nahm das Gespräch dann aber doch entgegen. Ich sah zu Michael rüber und zuckte mit den Schultern, woraufhin seine Mundwinkel nach unten glitten, als hätte jemand zwei 50 Kilogramm schwere Hanteln daran gehangen. Ich denke, er wusste, dass der Moment nun vorüber war, ebenso wie seine Chance, es je mit mir treiben zu dürfen. Er war eben „nur" ein guter Kumpel, mein bester Freund, der Mann, auf den ich mich meistens verlassen konnte, wenn ich jemanden brauchte.

Ich ging in mein Zimmer, damit ich in aller Ruhe mit meiner rothaarigen Freundin telefonieren konnte. Als Grund für ihren Anruf gab sie an, dass sie mir mitteilen wollte, dass sie

ihr Haupthaar nun nicht mehr schulterlang, sondern ganz kurz tragen würde.
Ich stieß ein kurzes:
»Warum?«, aus.
Sie erwiderte:
»Nur so!«
und erkundigte sich dann aber direkt, weshalb ich mich seit letztem Samstag nicht mehr bei ihr gemeldet hätte. Da wurde mir klar, was der wahre Grund für ihren Anruf war. Obwohl ich diesen Moment eigentlich hätte kommen sehen müssen, wusste ich nicht genau, was ich ihr nun antworten sollte. Konnte ich ihr erzählen, was ich alles erlebt hatte, warum ich dies tat und wie es mir dabei erging? Dass dies genau das war, was ich schon seit Jahren wollte. Würde sie das verstehen? Würde sie das für sich behalten können? Was würde sie dann von mir denken? Würde sie es meinen Eltern erzählen, wenn sie die beiden das nächste Mal sieht? Fragen über Fragen kamen von einem Moment zum nächsten auf. Ich entschied mich in meiner Not dazu, ihr zu sagen, dass ich an dem

Fotoshooting nicht teilnehmen konnte, weil ich Magenprobleme bekommen hatte, die sich dann zu einer ausgewachsenen Sommergrippe entwickelten. Sie wollte dann wissen, wie es mir heute gehen würde und ich erklärte ihr, dass es schon wieder sehr viel besser wäre, und dass ich ab Montag wieder arbeiten gehen könnte.

Um mich besser auf ihre Fragen vorbereiten zu können, wollte ich wissen, ob wir nicht heute zusammen Mittagessen gehen sollten. Sie fand dies eine gute Idee und so verabredeten wir uns für 13 Uhr, vor einer Saarbrücker Pizzeria.

Nachdem das Gespräch beendet war, ging ich zurück in die Küche und sah Michael, der immer noch am Tisch saß und mich freudig angrinste, als er mich entdeckte.

Aber wie eben schon beschrieben, war der Moment vergangen. Ich betrachtete ihn und sah den guten Kumpel, den lieben Freund, auf den ich mich verlassen konnte.

Also lächelte ich zurück und ging ins Bad, um mich fürs Mittagessen fertig zu machen.

Nachdem ich den Waschraum wieder verlassen hatte, war Michael nicht mehr in der Wohnung. Ich lief noch einmal in mein Zimmer, holte meinen Geldbeutel und ging dann zur Pizzeria.

8. Kapitel

Hier wurde ich bereits von meiner Freundin, mit ihrem neuen Haarschnitt, erwartet. Im ersten Moment fand ich die Frisur witzig, aber irgendwie passte sie auch sehr gut zu ihrem runden Gesicht. Sie sah noch nie so sexy aus. Sofort hatte ich wieder eine Menge erotischer Fantasien in meinem Kopf entwickelt, die sich aber nach drei bis vier Minuten wieder abstellen ließen. So aßen wir eine vegetarische Pizza zusammen, tranken Mineralwasser und verplauderten uns die Zeit.
Caro ließ es sich aber nicht nehmen immer wieder von ihrem neuen Freund Dennis zu erzählen, und wie traurig sie es immer findet, wenn eine ihrer Freundinnen Single ist. Ich

blieb aber hart und erklärte ihr mehrfach, dass ich es zurzeit sehr genießen würde, mit niemandem liiert zu sein. Im Prinzip stimmte das ja auch, sodass ich sie noch nicht einmal belogen hatte.

Nachdem wir unsere Pizza verspeist hatten, gingen wir noch zur Eisdiele um die Ecke und tranken dort einen Cappuccino. Wir vereinbarten, dass wir morgen Abend miteinander telefonieren würden und dann trennten sich unsere Wege auch schon wieder. Ich ging nach Hause, um mich auf den heutigen Abend vorzubereiten. Ich sollte gegen 19 Uhr bei Thorsten sein und ich wollte diesmal auf gar keinen Fall zu spät kommen.

Es war 15 Uhr, als ich wieder zu Hause ankam, und mein Mitbewohner war immer noch weg. Ich machte es mir also auf der Couch gemütlich – auf der Couch, auf der ich es mit Michaels Onkel getrieben hatte. Als ich daran dachte, musste ich wieder grinsen. Was war er doch für ein geiler, großer, starker Mann – Michaels Onkel.

Gegen 17.30 Uhr ging ich ins Bad. Kurz nach 18 Uhr verließ ich meine Wohnung und machte mich auf den Weg zu Thorsten.

9. Kapitel

Der Weg war heute sehr viel angenehmer als beim letzten Mal, da ich mich heute nicht über die Maßen nuttig kleiden musste. Ich nahm den Zug nach Völklingen und am Bahnhof angekommen, bestieg ich ein Taxi zu meinem Herrn.
Um 18.57 Uhr klingelte ich an seiner Tür.

Das Haus, indem er lebte, war gigantisch. Es war weiß und hatte jeweils sechs Fenster, neben der zentral eingebauten Haustür. Insgesamt hatte es vier Stockwerke, wenn man den ausgebauten Speicher und den Keller mitzählt. Thorsten sagte, dass es insgesamt 480 Quadratmeter Wohnfläche besaß und dass es noch eine Garage mit Platz für insgesamt sechs Autos gab. Aber das nur nebenbei.

Er öffnete mir alsbald die Tür und ließ mich eintreten. Er trug ein weißes Designershirt, eine blaue Designerjeans, weiße Socken und Turnschuhe in gleicher Farbe. Ebenso trug er wieder die silberne Uhr und den weißgoldenen Diamantring.
Wir betraten zuerst das Wohnzimmer. Es war auch ganz in Weiß gehalten. In der Mitte befand sich eine Ledercouch, auf der gut und gerne 15 Personen Platz fanden. Sie war U-förmig und in der Mitte stand ein schöner Glastisch, der passend zum Sitzmöbel dimensioniert war. Gegenüber dem Eingang waren vier riesige Fensterscheiben und eine Glastür, die zur Terrasse und dem Garten führte. Auch die Schrankwand, die sich in diesem Raum befand, war weiß. Im ersten Moment kam ich aus dem Staunen nicht mehr heraus. Aber lange Rede kurzer Sinn: Das Haus

war groß, ich fand es beeindruckend und alle Räume darin waren ganz in Weiß gehalten.

Bezeichnenderweise sagte er mir mal, dass schwarz seine Lieblingsfarbe sei, und dass er das Haus beim Einzug in dieser Farbe gestaltet hätte, aber da es weder seinen Gästen noch ihm besonders zugesagt hatte, entschied er sich dann für weiß.

Er bat mich nun, mich auf die Couch zu setzen, damit wir die Regeln für den heutigen Abend und für unser weiteres Zusammensein festlegen konnten.
Diese Regeln waren im Grunde recht einfach und schnell ausgeführt:
Ich mache alles, was er sagt!
Widersetze ich mich, werde ich nach seinem Ermessen bestraft.
Wenn ich bei ihm leben wollte, so musste ich ihm meinen Personalausweis und meine Geburtsurkunde, als Zeichen dafür, dass ich in seinem Eigentum stehe, überlassen. Ich darf

nur reden, wenn er es mir gestattet oder wenn ich etwas gefragt werde. Ich darf immer dann etwas essen oder trinken, wenn ich es angeboten bekomme. Auch Toilettengänge werden mir vorgeschrieben.

Als er so redete, sah ich ihn an und ich hatte im ersten Moment das Gefühl, dass ich im falschen Film wäre. Diese Regeln, und das daraus resultierende Verhalten, entsprachen doch eher dem einer Sklavin aus der weit zurückliegenden Vergangenheit und hatte so gar nichts mit den emanzipierten Frauen, die gleichgestellt sind, und selbstständig „ihren Mann stehen", zu tun.

Ich fragte ihn, was ich dafür bekäme, dass ich mich zu einer Dienerin degradieren lassen würde, und er antwortete mir, dass er im Gegenzug alles für mich tun würde. Er würde sich um mich kümmern und mich von jedweder Verantwortung für mein Leben oder Dritten gegenüber entbinden und alle sonstigen Geschäfte des täglichen Lebens für mich vollziehen. Ich bräuchte den ganzen Tag nicht zu tun, außer ihm zu gehorchen. Wie das im

Einzelnen ginge und ich mich dann zu verhalten hätte, würde ich in einem zweiwöchigen Kurs von ihm beigebracht bekommen.

Alles in allem wollte er also, dass ich meine persönliche Freiheit gegen ein Leben ohne Verantwortung und ohne Verpflichtungen jeder Art, mit Ausnahme ihm gegenüber, eintauschte.

Ich erbat mir eine Woche Bedenkzeit, die er mir zubilligte. Nachdem ich nun wusste, auf was ich mich in der näheren Zukunft freuen konnte, verriet er mir, was am heutigen Abend anstand. Wir würden nun gemeinsam Nudeln und Bolognesesoße kochen gehen, da wir um 20.15 Uhr Gäste erwarten würden, die er für heute Abend eingeladen hatte. Er sagte, dass es sich bei den Leuten um ein 40-jähriges Ehepaar aus der Nachbarschaft handeln würde, die ihn schon seit langer Zeit mal besuchen kommen wollten.

»Und warum ausgerechnet heute?«, wollte ich von ihm wissen.

Er grinste und sah etwas verlegen unter sich.

»Du weißt doch, wie das ist. Ich bin 28 Jahre alt und lebe allein in so einem Haus. Da kommen doch zwangsläufig immer diese peinlichen Fragen nach dem „Wieso?" und so weiter. Und da du heute da bist, dachte ich mir, dass ich dieses leidige Thema so umgehen könnte.«, erklärte er grinsend.

Ich lächelte zurück und dachte mir meinen Teil. Ich war felsenfest davon überzeugt, dass er diesen Abend arrangiert hatte, um mit mir irgendwas zu tun, und dass diese Leute irgendwelche Typen ausm Internet waren, die er für den heutigen Abend engagiert hatte.
Leider lag ich damit falsch. Zwar wussten die Eheleute, dass er sich eine „Sklavin" für den heutigen Abend kommen ließ, aber sie waren wirklich aus seiner Nachbarschaft und teilten lediglich Thorstens Interessen.
Ich hatte mich also schon wieder geirrt.

So stellten wir uns an den Herd und bereiteten das Abendessen für „unsere" Gäste zu. Ich

hatte sehr viel Freude daran und es gefiel mir zu sehen, dass er im Grunde ein ganz normaler Mann war, und kein Freak, so wie man sich diese Typen immer vorstellt. Er war ein ganz normaler Mann, der spezielle erotische Vorlieben hatte.

Dann war das Essen gekocht und ich machte mich daran das Geschirr zu suchen.

Ich glaube, was mir besonders gefiel, war die Tatsache, dass diese Stunde, in der wir zusammen kochten, wie bei einem ganz normalen Ehepaar ablief, das sich für den Abend Gäste einlud.

Herrlich!

Gegen 20 Uhr machte ich mich daran den Tisch im Esszimmer zu decken und Thorsten ging in den Keller, um eine Flasche Wein und eine Flasche Sekt zu holen. Als er zurückkam und sie auf den Tisch stellte, klingelte es an der Tür.

»Nun geht das Spiel also los!«, dachte ich und überlegte weiter: »Bin mal gespannt, was für Gestalten er da an Land gezogen hat.«

Allerdings musste ich erkennen, dass es sich zumindest äußerlich um wohlhabende, anständige Leute handeln musste. Sie trugen beide sehr elegante Kleidung, hatten modische, ihrem Alter angemessene Frisuren und auch eine sehr angenehme Art sich zu artikulieren.

Nachdem wir uns begrüßt und einander vorgestellt hatten, nahm Thorsten die Mäntel seiner Gäste und hing sie an der Garderobe auf. Danach gingen wir ins Esszimmer, wo er jedem ein Glas Sekt eingoss, wir miteinander auf einen angenehmen Abend anstießen und ein klein wenig plauderten, bevor mein Herr mich bat das Essen aufzutischen.

Ich stand also auf, ging in die Küche und holte zuerst die Nudeln, bevor ich den beiden Gästen dann die Soße servierte. Gerade, als ich Thorsten und mir etwas von der leckeren Pasta auftragen wollte, flüsterte er mir ins Ohr, dass das Spiel in diesem Moment beginnen würde.

Ich hielt einen Augenblick ein und überlegte, was ich nun zu tun hatte. Ich wurde direkt wieder nervös und mir stand der Schweiß auf der Stirn.

Sollte ich nun essen auf den Teller machen, oder nicht? Er hatte mich ja vor dem Beginn des Spiels gebeten, es zu tun. Ich dachte mir aber, dass ich es besser bleiben ließ. Ich stellte die Nudelschüssel auf den Tisch und blieb neben ihm stehen. Ich sah zuerst zu ihm – er lächelte – und dann blickte ich zu den Eheleuten, die ihrerseits zu uns schauten. Ich erkannte, dass sie noch keinen Wein hatten. Was war nun zu tun? Sie sahen zu Thorsten. Ich blieb regungslos stehen. Niemand sagte etwas, keiner tat was. Mir wurde heiß und kalt. Verhielt ich mich richtig? Dann kam die Erlösung. Thorsten bat mich den Gästen etwas Rotwein einzuschenken.

»Jawohl!«, antwortete ich und tat es.

Die Eheleute bedankten sich bei mir und ich erwiderte es. Danach stellte ich mich neben meinen Herrn und wartete ab, was als nächstes

kam. Er streichelte mir über den Kopf, sah zu seinen Gästen und erkundigte sich, wie ihnen das Mahl schmecken würde. Sie sagten, dass es vorzüglich sei, und Thorsten erklärte ihnen, dass ich es ganz allein zubereitet hätte, was ja gelogen war. Das Ehepaar sprach mir sein Lob aus, ich bedankte mich für das Kompliment, und Thorsten strich mir erneut über mein Haupt.
So vergingen nun etwa fünf, sechs Minuten, in denen das Paar das Essen genoss, bevor sie erklärten, dass sie keinen Bissen mehr runter bekämen.

»Dann kommen wir nun zum Nachtisch, meine lieben Freunde.«, verkündete Thorsten.

Ich war schon gespannt, was es geben würde, da wir ja nichts zusammen vorbereitet hatten.

Okay, ich gebe zu, dass diese naive Reflexion, ziemlich daneben war, aber ich stand damals noch am Anfang meiner „Entwicklung" und da hatte ich eben diesen Gedanken.

Thorsten stellte sich nun genau hinter mich und sah über meinen Kopf zu dem älteren Ehepaar, das sich nun mit seinen Stühlen in unsere Richtung drehte. Mein Herr befahl mir, dass ich mein Kleidchen obenherum aufknöpfen sollte.

Ich tat es.

Während ich seinem Befehl folgte, sah ich den beiden Leuten vor mir abwechselnd in die Augen. Ich wollte selbstbewusst und souverän wirken. Sie sollten keinen Schimmer von meiner Aufgeregtheit und Unsicherheit bekommen. Die beiden sahen sich meinen entblößten Oberkörper mit einer gewissen weltmännischen Ruhe und Abgeklärtheit an, so als wäre es das Normalste von der Welt, was hier gerade passierte. Da ich ja nur das Kleidchen und einen String tragen sollte, lagen meine Brüste nun selbstverständlich blank. Die Gäste betrachteten sie und nach einer Weile kam ein bestätigendes Nicken von ihnen. Dann befahl mir mein Herr, dass ich meine beiden

Kugeln streicheln sollte. Ich griff also mit beiden Händen an meinen Busen. Ich berührte ihn zuerst unten und ließ meine Hände dann langsam zu den Brustwarzen hinaufwandern. Dabei schloss ich meine Augen und ließ meine Zungenspitze über meine Oberlippe gleiten. Meine Nippel standen wie eine Eins. Als meine Hände hier angelangt waren, griff ich mit zwei Fingern nach meinen kleinen Knöpfchen und drehte sie etwas. Dabei begann ich leise zu stöhnen und meinen Unterleib etwas zu bewegen.

Mein Herr ließ mich etwa zwei Minuten mit mir spielen, danach verlangte er, dass ich mein Kleid komplett auszog.

Ich tat es.

Ich ließ das Stück Stoff zu Boden gleiten und stand nun, fast wie Gott mich geschaffen hat, vor meinen Zuschauern. Ich trug nur noch den weißen Spitzenstring, die durchsichtigen, halterlosen Strümpfe und die roten Lederheels.

Seltsamerweise machte es mir gar nichts aus. Ich fühlte mich weder unwohl, noch hatte ich

irgendeine Art von Scham vor dem Paar. Da ich unterhalb meines Bachnabels vollkommen enthaart war, konnten sie nun alles sehen. Die Frau bat mich, nach einer Weile der genaueren Betrachtung, von ihrem Platz aus, dass ich mich von hinten zeigen sollte.
Ich gehorchte.
Als ich mich um 180 Grad gedreht hatte, konnte ich logischerweise das Gesicht meines Herrn sehen. Ich blickte ihm in die Augen, aber da mir in diesem Moment bewusst wurde, dass ich dies nur durfte, wenn er es mir erlaubte, richtete ich meine Augen direkt auf den Fußboden. In diesem kurzen Moment des Blickkontaktes konnte ich aber seinen zufriedenen Gesichtsausdruck erkennen. Er untermauerte meine Erkenntnis, indem er mir über den Kopf streichelte und mich verbal lobte. Ich dankte ihm für seinen Zuspruch und dann konnte ich hören, dass sich die beiden Gäste von ihren Plätzen erhoben und auf mich zu kamen. Als sie noch etwa zwei Schritte von

mir entfernt waren, verließ mich mein Herr und setzte sich an den Esstisch.

Derweil fing das Paar an mich anzufassen. Der Mann stellte sich vor mich und begann mein Gesicht zu streicheln, während die Frau sich um meine Rückseite, sprich meinen Po, kümmerte. Ich spürte ihre gepflegten, sanften Hände an meinem Rektum – und es war schön. Der Mann war ebenfalls sehr zärtlich. Beide lobten meine schöne, glatte Haut und meinen jugendlichen Körper. Es gefiel mir sehr, wie sie mir schmeichelten. So konnte Unterwerfung also auch aussehen – ganz ohne Ketten, Handschellen und Prügel.

Nun ging der Mann einen Schritt weiter. Er griff mir mit einer Hand an die Brust und knetete sie etwas. Zur selben Zeit gab er mir einen langen und intensiven Zungenkuss.

Man konnte der küssen! Da ließ er bestimmt seine ganze Erfahrung spielen.

Aber auch die Frau machte ihre Sache sehr gut. Zärtlich streichelte sie meinen Po, küsste ihn und ging dann zu meinen Oberschenkeln über, die sie ebenfalls sanft berührte und mit ihrer Zunge anfeuchtete. Es war ein herrlicher Moment. So toll, wie zu diesem Zeitpunkt, hatte ich mich schon lange nicht mehr gefühlt. Und dann war da auch noch die Gewissheit, dass Thorsten sich das Ganze betrachtete, dass er zusah, wie ich von diesen, für mich völlig fremden Menschen, benutzt wurde. Ich fragte mich, ob er wieder regungslos, ohne eine Miene zu verziehen, dasaß, als hätte er gerade sein gesamtes Vermögen an der Börse verloren.

Ich nutzte die erste Gelegenheit, die sich mir bot, und drehte meinen Kopf zu meinem Herrn um – und was musste ich entdecken!? Der Schuft saß am Tisch und aß einen riesigen Berg Spaghetti, die er sich mit reichlich Soße auf seinen Teller gehauen hatte, und nahm überhaupt keine Notiz, von den Geschehnissen in seiner unmittelbaren Nähe.

Dies verärgerte mich. Wenn er mein Mann gewesen wäre und wir eine normale sexuelle Beziehung gehabt hätten, hätte ich ihn nun zur Rede gestellt und ihn mit vier Wochen

Sexentzug bestraft. So ein Arsch! Dabei machte ich das alles doch nur für ihn. Ihm wollte ich gefallen. Er war doch der einzige Grund, weshalb ich hier war.

Später fiel mir auf, dass das gar nicht stimmte. Ich war an jenem Abend, an diesem Ort, weil ich es wollte. Mein Herr bot mir lediglich die Plattform, um meine sexuellen Spiele und Fantasien realisieren zu können.
Ein seltsamer Gedanke, der aber richtig war. Eigentlich hätte die Sache hier auch ohne ihn laufen können, aber dann wäre es für mich nicht dasselbe gewesen. Immerhin ist Thorsten mein Herr, dem ich gehorchen musste, und dem ich alle Wünsche zu erfüllen hatte. Aber wenn es sein Wunsch war, dass ich mich von diesen Leuten benutzen lassen sollte, und wenn es ebenso sein Wille war, dass die Kerle in der Kneipe mich benutzten, wieso nahm er dann so wenig an diesen Dingen teil?
Diese und andere Fragen hatte er mir bei anderer Gelegenheit, nämlich meiner Ausbildung

zu seinem „Pet", zu meiner vollsten Zufriedenheit, beantwortet.

Ich hatte plötzlich wieder ein sehr seltsames Gefühl bekommen, da mein Herr sich nicht im Geringsten um mich, und das, was die Leute mit mir taten, gekümmert hatte. Es machte mir von diesem Moment an auch gar keinen Spaß mehr, mich von den beiden benutzen zu lassen. Aber das war ja nicht wichtig. Wichtig war nur, dass mein Herr von mir verlangte, dass ich alles tat, was das Ehepaar von mir wollte, und der Mann wünschte nun, dass ich seine Frau entkleiden sollte.
Also gehorchte ich.
Die Dame trug ein Kleid, welches man vorne aufknöpfen konnte, und als ich dies tat, war ich erstaunt darüber, dass sie darunter vollkommen nackt gewesen war. Nachdem ich ihr Kleidungsstück in der Hand hielt, faltete ich es ordentlich zusammen und legte es über die Rückenlehne eines Stuhles. Auf dem Weg dorthin schaute ich zu Thorsten, der immer

noch mit essen beschäftigt war, und nicht einmal den Kopf hob oder seine Augen auf mich richtete, als ich ihm gegenüberstand.

Nachdem ich mich wieder auf den Weg zu der Frau gemacht hatte, verlangte der Mann von mir, dass ich mich vor seine Gattin knien sollte, um ihren Kitzler mit meiner Zunge zu reizen.

Ich tat es.

Dabei stellte sich der ältere Herr so hin, dass er einen guten Blick auf uns hatte, begann seinen kleinen Freund aus der Hose zu befreien und ihn in seine rechte Hand zu legen. Das zu leckende Köperteil der Frau war bereits sehr feucht, als meine Zunge es das erste Mal berührte. Sofort begann sie laut zu stöhnen, mit einer Hand an meinen Kopf zu greifen und meine Haare zu streicheln. Mit zwei Fingern einer Hand drückte ich ihre Schamlippen etwas auseinander, damit meine Zunge besser mit ihrer empfindlichen Stelle spielen konnte. Gleichzeitig hörte ich das leise Stöhnen ihres Gatten und das gefällige Schmatzen meines Herrn.

Ich war so wütend auf ihn. So ein Arsch!
Nach einer Weile kam der Ehemann dann von hinten und bat mich aufzustehen. Seine Frau ging einen Schritt zurück und ich drehte mich kniend zu dem Herrn um. Ich sah zu ihm auf und er schaute mich lächelnd an. Währenddessen bat er seine Frau, dass sie ihm seine Tasche bringen sollte. Nun wurde ich etwas nervös. Was da wohl drin war? Bis jetzt machten die beiden einen so netten und gefälligen Eindruck. Kam jetzt die Wende in unserem Spiel?
Es dauerte keine Minute, da war die Frau wieder da und übergab ihrem Mann die Tasche. Er stellte das Lederteil auf den Tisch und öffnete es. Als ich sah, was er herauszog, musste ich grinsen. Es war eine knallenge, kleine Schulmädchenuniform, wie man sie in jedem Erotikladen bekommt. Er hielt sie mir entgegen und bat mich, sie anzuziehen. Ich stand auf und gehorchte.
Dabei blickte ich zu Thorsten, der - jawohl – immer noch Spaghetti in sich hinein stopfte.

Das musste mittlerweile der dritte Teller gewesen sein.

Das Ehepaar nutzte die Zeit, in der ich mich anzog, um ein Glas Wein zu trinken.

Die Uniform saß wie eine zweite Haut an meinem Körper. Meine Brüste pressten sich gegen den Stoff der weißen Bluse, das Baumwollunterhöschen passte sich jeder meiner Körperformen, gleich ob Poritze oder Scheide, wie ein Latexanzug an, und auch für den Minirock hätte ich keinen Zentimeter mehr Taille haben dürfen. Naja, meine Größe wussten sie bestimmt von Thorsten.

»Zumindest merkt er sich so etwas!«, dachte ich bei mir und war wieder ein klein wenig mit ihm versöhnt.

Dann kamen die beiden Älteren zu mir und der Mann fragte mich, ob ich denn meine Hausaufgaben dabei hätte. Im ersten Moment war ich etwas verwundert, aber aufgrund meiner Kleidung ging ich einfach mal davon aus, dass der Mann in diesem Spiel mein Lehrer war.

»Nein, ich habe vergessen sie von zu Hause mitzubringen!«, führte ich mit gesenktem Haupt, demütig aus.

»Du hast deine Hausaufgaben aber gemacht, Esther?«, fragte der Mann streng.

»Aber sicher, Herr Lehrer! Ich habe sie nur zu Hause liegen lassen.«

»Worum ging es denn im dritten Kapitel des Buches? Wenn du deine Hausaufgaben gemacht hast, wirst du das ja wissen!«

Ich überlegte kurz, ob ich fragen sollte, um welches Buch es sich denn handelte, aber ich dachte, dass er mir dann eh nicht mehr glauben würde, dass ich es gelesen hätte. Allerdings kam es mir auf den Versuch an.

»Welches Buch meinen Sie, Herr Lehrer?«, fragte ich und versuchte dabei einen „süßes-kleines-Mädchen" Gesichtsausdruck hinzubekommen.

»Welches Buch!? Welches Buch!!«, echauffierte er sich, »Das ist ja wohl die Höhe, Fräulein! Du willst mir doch nicht ernsthaft erzählen, dass du seit gestern so viele Bücher gelesen hast, dass du nicht mehr daran erinnern kannst, welches du für die Schule durchgearbeitet hast!«

»Ich bin eben sehr wissbegierig und lesefreudig, Herr Lehrer.«, antwortete ich frech.

Die Gattin des Mannes ging zu ihrem Platz, auf dem sie eben beim Essen gesessen hatte. Der Lehrer sah mich böse an. Ich merkte, dass er auf diese Äußerung nicht vorbereitet war, und dass er versuchte sich an einen Buchtitel zu erinnern. Dies freute mich. Ich hatte in diesem Spiel auch mal einen Punkt gemacht und jemanden in Verlegenheit versetzt.

»Geschichten des Alltags! Geschichten des Alltags von Hendrik Jakobsen!«, kam es über seine Lippen.

»Verdammt!«, dachte ich.

Dieses Buch hatte nämlich unser Deutsch-LK gelesen. Ich war aber im Grundkurs und kannte das Buch daher nicht. Verschämt sah ich nach unten und erklärte meinem Lehrer dann, dass ich diesen Text nicht gelesen hätte.

Ich wartete auf die Reaktion meines Gegenübers. Er packte mich am Arm und drehte mich zu meinem Herrn.

»Sehen Sie, Herr Grün! Und genau solche Lügengeschichten erzählt uns Ihre Tochter jede Woche! Immer wieder versucht sie sich herauszureden und am Ende ertappen wir sie dann doch bei ihren Lügen! Die Frau Direktorin, hier an meiner Seite, kann Ihnen auch Fälle schildern, in denen Ihre Tochter dasselbe bei anderen Kollegen versuchte. Wenn das so weitergeht, wird das kein gutes Ende nehmen! Wir müssen nun etwas unternehmen!«, führte der Lehrer aus.

Es gefiel mir, dass mein Herr mein Vater war, denn so musste er aktiv an der Geschichte beziehungsweise an dem Spiel teilnehmen. Der ältere Herr packte mich fest an meinem Oberarm, so fest, dass das Blut anfing, sich über seiner Hand zu stauen. Fast kamen mir die Tränen. Man war der stark, obwohl er nur knapp einen halben Kopf größer war als ich.

»Was schlagen Sie vor, was wir mit ihr tun sollen? Ich weiß mir keinen Rat mehr mit ihr. Wissen Sie, ich habe vier Töchter vor ihr großgezogen, sie kennen meine lieben Kleinen ja – aber bei Esther weiß ich wirklich nicht, was ich da noch machen könnte, um sie auf den rechten Weg zurückzuführen.«, erklärte Thorsten.

Mit weit aufgerissenen Augen hörte ich mir seine Worte an.

»Fünf Töchter wollte er haben!? Wow! Da kommt ja einiges auf mich zu, wenn das mit uns klappt!«, dachte ich so bei mir und verfolgte weiter gespannt das Geschehen.

Der Lehrer ließ mich los und ging zur Direktorin. Die beiden Pauker tuschelten etwas miteinander und als ich zu meinem Vater herübersah, starrte er mich mir seinem wohl bösesten Blick an, den er drauf hatte. Ich musste mich unheimlich beherrschen, damit ich nicht sofort laut zu lachen begann. Dann war die Beratung der Lehrer beendet. Die

Direktorin ließ den Kollegen ihre Entscheidung verkünden:

»Also, Herr Grün! Früher hatten wir solche Probleme, wie die mit Ihrer Tochter, ganz einfach und schnell in den Griff bekommen!«

Die Frau nahm einen Rohrstock hervor, der Mann ergriff ihn mit seiner rechten Hand und machte die typische Bewegung damit. Nun war mir plötzlich nicht mehr zum Lachen zumute. Ganz im Gegenteil. Ich hatte nun wieder dieses Schwitzgefühl. Es lief mir eiskalt den Rücken herunter und nervös wurde ich auch.

»Hoffentlich hast du einen lieben und modernen Vater!«, dachte ich.

»Heutzutage, aber ist es unsere Pflicht bei offiziellen Bestrafungen der Schülerinnen und Schüler auf moderne Sanktionsformen zurückgreifen, wie zum Beispiel den Schulverweis, den Ausschluss vom Unterricht, das gemeine Nachsitzen und die Benachrichtigung an die Eltern.«

»Und welche dieser Maßnahmen möchten Sie anwenden?«, wollte Thorsten wissen.

»Nun – Herr Grün, es ist so, dass Sie sich ja sicher denken können, dass wir nur in besonderen Fällen Hausbesuche machen. Es ist wirklich so, dass wir im Bezug auf Ihr Fräulein Tochter – nun ja – wir sehen keine andere Möglichkeit, als auf die altbewährten Methoden zurückzugreifen!«, sagte er in einem sehr ruhigen Ton.

Ich riss meine Augen weit auf, als meine Ohren diesen letzten Satz vernahmen. Wollte er mich jetzt wirklich mit dem Rohrstock verhauen? Ich sah zu Thorsten, der grüblerisch dreinblickte, und dann wanderten meine Augen zum Lehrer, der mich ernst ansah. Verschämt schaute ich unter mich.

»Nun ja, Esther! Ich denke, dass ich deinem Lehrer da Recht geben muss. Uns bleibt da wohl keine andere Wahl, als dich nach der altbewährten Methode zu bestrafen. Auf anderem Wege scheint man dir ja nicht beizukommen, junge Dame.«

Ich blickte zu meinem Vater, sah ihn demütig an und nickte. Eigentlich gefiel mir der Gedanke mit einem Rohrstock geschlagen zu werden gar nicht, aber andererseits war ich sehr neugierig und gespannt darauf, wie es sich anfühlt, auf diese Art verdroschen zu werden. Es waren unbeschreibliche Gefühle, die mich in diesem Moment erfüllten. Es war eine Mischung aus Angst, Neugierde, Spannung und auch Geilheit. Ich war sehr aufgeregt.

Dann packte mich der Lehrer an meinem Arm und stellte mich vor den Tisch – genau gegenüber meinem Herrn, platzierte er meinen Body. Dann drückte er meinen Oberkörper nach vorne, hob meinen Minirock an und klappte ihn auf meinen Rücken. So konnte er nun meine Baumwollunterwäsche sehen. Diese zog er mir dann aus.

Thorsten hatte wieder diesen starren Blick aufgelegt, als würde er an dieser ganzen Sache nicht teilhaben.

Ich wartete gespannt darauf, dass es endlich losgehen sollte. Ich hörte nun Schritte hinter mir. Durch meine Augenwinkel konnte ich sehen, dass sich der Mann links hinter mir und seine Frau sich rechts hinter mir aufgestellt hatten.

»Anscheinend schlägt jeder nur auf eine Pohälfte.«, kam es mir in den Sinn.

Und dann ging es los. Der erste Schlag mit dem Rohrstock erreichte mein Gesäß. Im ersten Moment spürte ich nichts. Aber dann kam der Schmerz. Ich schrie. Ich zuckte und sofort danach traf mich der erste Schlag auf der anderen Pobacke. Ich schrie und zuckte erneut. Mir kamen die Tränen.

»So eine Scheiße!«, dachte ich.

Ich sah zu meinem Herrn, der mir genau in die Augen schaute. Die Tränen liefen mir die Wangen hinunter und er saß da und zeigte keine Reaktion. Da sich die beiden Pauker mit dem dritten und vierten Schlag etwas Zeit ließen, konnte ich nun ein kribbelndes Gefühl an meinem Po bemerken, das sich irgendwie seltsam anfühlte. Ich spürte, dass mein Gesäß warm wurde.

Es verging etwa eine halbe Minute, dann schlugen sie erneut zu. Erst die Frau, dann der Mann. Erneut zuckte ich unter den Schlägen zusammen. Erneut spürte ich einen starken Schmerz, aber diesmal musste ich nicht mehr schreien. Eigentlich fühlte es sich gar nicht so schlecht an. Zumindest die Pausen zwischen den Schlägen waren angenehm. Vor allem dieses Kribbeln war es, das mir gefiel. Ich konnte es mir zwar nicht erklären, aber ich wollte bereits nach dem vierten Schlag mehr davon bekommen. Als sie mich nach einem weiteren Durchgang aufrichteten, drehte ich mich um und erklärte ihnen, dass es mir egal wäre, wie viel Prügel sie mir verabreichen würden, ich würde trotzdem keine Hausaufgaben machen, und lernen würde ich auch nicht.

Sofort holte die Frau aus und gab mir zwei weitere Schläge auf meinen Po. Ich lachte sie unter Tränen aus und dann gab mir der Mann nochmals vier Schläge auf meinen Arsch.

Danach begann aber doch der Schmerz über die Erregung zu siegen und ich schwieg. Ich stand nun vor dem Ehepaar und blickte zu meinem Herrn, der sich mein Hinterteil betrachtete.

Und – oh wunder – seine Mundwinkel waren nach oben gerichtet. Das war ein großer Moment für mich! Ich hatte es geschafft, meinen Herrn sichtlich zu erfreuen.

Ich fragte mich nun, wie ich mich weiter verhalten sollte. Auch die beiden Älteren warteten ab, was ich als nächstes tat. Eigentlich wollte ich keine Schläge auf den Po mehr beziehen, weil das Kribbeln unangenehme Dimensionen angenommen hatte, und ich beim Reiben über meinen Hintern, deutlich Striemen spüren konnte. Andererseits schien es meinem Herrn zu gefallen, was mich wiederum dazu ermutigen sollte, weiterzumachen. Alles in allem schien es Thorsten jedenfalls zu lange zu dauern, bis ich mich entscheiden konnte, weshalb er beschloss, dass ich einen Test machen sollte. Er befahl mir mich hinzusetzen und verschiedene Aufgaben zu lösen, die er vorbereitet und auf ein Blatt Papier geschrieben hatte.

Ich erinnere mich nun nicht mehr genau an die einzelnen Aufgaben, aber es waren Fragen aus den Bereichen Mathematik, Deutsch, Englisch, Erdkunde und Allgemeinwissen dabei. Es galt für mich 20 Aufgaben in 20 Minuten zu lösen und für jede falsche Antwort, musste ich mit einer Strafe rechnen.

In der Zeit, in der ich den Test machte, tranken die Eheleute am anderen Ende des Tisches noch etwas Wein und mein Herr schwarzen Tee. Den Rohrstock hatte die Frau wieder in ihre Tasche gepackt. Diese stand auf meinem Nachbarstuhl, und während des Testes ließ ich es mir nicht nehmen, immer mal wieder hineinzuschauen. Da waren Brustwarzenklammern, Spankingpaddel, Fesseln, Handschellen, ein Strapon und ein Gummiball für den Mund drin. Als ich dies alles sah, musste ich grinsen.

»Diese perversen Alten!«, dachte ich so bei mir und hoffte, dass ich das in dem Alter auch noch so haben konnte.

Mein größtes Problem war nicht, das Lösen der Aufgaben, sondern das Sitzen auf dem harten Holzstuhl. Die Striemen taten weh und immer, wenn ich etwas hin und her zu wackeln begann, wurde ich aufgefordert ruhig sitzen zu bleiben. Man - tat mir der Arsch weh!

Dann war die Zeit auch schon bald abgelaufen und mit dem Abgabesignal, in Form eines klingenden Weckers, hatte ich die letzte Antwort aufgeschrieben. Der Lehrer kam meinen Test abholen, mein Herr überreichte der Direktorin seine Musterlösungen und nachdem ihr der Pauker meine Arbeit gegeben hatte, begann sie diese zu korrigieren.

Da sie mir hierbei den Rücken zu wendete, konnte ich nicht richtig erkennen, wie es für mich gelaufen war. Ich hatte zwar ein gutes Gefühl, aber vielleicht würden sie ja auch Rechtschreibung, Grammatik und so weiter bewerten, und diese Dinge sind nun gar nicht meine Stärke! Ich versuchte an ihr vorbeizusehen und erkannte, dass sie relativ viel auf mein Blatt dazu geschrieben hatte, was mich natürlich sehr verunsicherte. Ich sah mich schon wieder über dem Tisch gebeugt liegen und den Rohrstock empfangen. In diesem Moment wurde mein Po von ganz alleine warm. Dann drehten sie sich um. Die Direktorin stand auf und kam mit kleinen Schritten, ganz langsam auf mich zu. Ich betrachtete mir dabei ihre Brüste, ihre wunderschönen Brüste, die elegant auf und ab wippten.

Etwa einen Meter vor mir blieb sie stehen und übergab mir meinen Test, ohne ein Wort zu sagen. Sie drehte sich um und nahm ihre Tasche mit sich.

Ich schaute auf das Blatt Papier und musste erkennen, dass ich den Test fehlerlos abgeschlossen hatte.

Jetzt war ich verwirrt. Was bedeutet das nun? Keine Fehler – keine Strafe!? Es schien so. Die Frau erreichte nun die beiden Männer und ich sah zu ihnen rüber. Ihre Blicke waren ernst, drückten aber auch ein klein wenig Enttäuschung aus.

Es war nicht meine Absicht, den Test komplett richtig zu lösen, aber was hätte ich denn machen sollen? Teilweise hatte ich die Antworten nur geraten oder sie nach bestem Halbwissen und Gewissen gelöst. Ich hatte wirklich nicht das Gefühl, als ob ich es mir leisten könnte, großartig, absichtlich Fehler einzubauen, nur damit das Spiel weitergehen konnte.

Jedenfalls hatte ich es geschafft, dass die Mundwinkel meines Herrn nun wieder weit nach unten zeigten.

Das Spiel war an dieser Stelle wirklich beendet. Ich zog meine Kleider aus und trug nur noch meine Stiefel und Strümpfe.

Einige Zeit später erklärte mir Thorsten, dass die beiden nicht mehr draufhatten, als dieses „wir bestrafen das böse Schulmädchen" Spiel. Er sagte, dass sie beide auf Lehramt studiert hätten, aber den Abschluss nicht schafften und nun zwar recht erfolgreich eine eigene Firma für Gartenbedarf leiten würden, aber es nie verwunden hätten, keine richtigen Lehrer sein zu dürfen. Aus diesem Grund suchten sie immer wieder nach solchen Rollenspielen, in denen sie junge Menschen, gleich welchen Geschlechts, abstrafen konnten.

Es dauerte noch keine fünf Minuten, da waren die beiden angezogen und verschwunden. Ich hatte ein schlechtes Gewissen und setzte mich deshalb vor meinem Herrn auf den Boden, der zwischen dem Esszimmer und der Küche stand. Ich sah zu ihm auf und lächelte ihn an. Er blickte zuerst finster drein, dann atmete er, etwas verzweifelt wirkend, eine große Menge Luft aus und streichelte mir über den Kopf. Ich ging auf alle Viere und wackelte, wie ein Hund, mit dem Po, der mit dem Schwanz wedelt. Dabei sah ich ihn grinsend an, streckte meine Zunge raus und begann zu hecheln.
Thorsten kniete sich vor mich, streichelte durch mein Gesicht und sagte „Sitz!" zu mir. Ich ließ

daraufhin meinen Po auf meine Unterschenkel niedersinken, streckte meine Arme ganz durch, sodass ich nun wie ein Hund dasaß, der mit aufrechtem Oberkörper und sitzendem Hinterteil auf weitere Anweisungen seines Herrchens wartete.

Thorsten räumte den Tisch ab, steckte das Geschirr in den Spüler und ging dann ins Wohnzimmer. Er erlaubte mir ihm zu folgen, was ich auf allen Vieren tat. Ich weiß nicht, wieso ich es auf diese Weise getan hatte, aber ich denke, dass mir in diesem Moment nichts Besseres eingefallen war, ihm meine Unterwürfigkeit und meinen guten Willen, das Richtige zu tun, zu zeigen.

Er setzte sich auf seine Couch, schaltete den DVD-Player ein, öffnete eine Flasche Malzbier und sah sich einen brutalen Horrorfilm an.

Ich selbst platzierte mich rechts vor ihm auf dem Boden und legte meinen Kopf auf die Couch, um Thorsten die ganze Zeit ansehen zu können. Er gab mir kein Zeichen, dass ich mich zu ihm auf die Sitzgelegenheit begeben durfte.

Also blieb ich die ganze Zeit in dieser Position sitzen und starrte ihn an, in der Hoffnung, dass ihn das irgendwann stören würde und er mich zu sich bat oder dass er erklärte, ich solle nicht ihn, sondern den Fernseher betrachten.
Aber das passierte nicht. 90 Minuten lag starrte ich nur auf ihn, wie er sich den Film ansah.
Na ja, zumindest hatte er mich die letzten 30 Minuten des Streifens mit Salzstangen gefüttert und mir den Kopf gestreichelt.
Als der Film dann zu Ende war, befahl er mir nach Hause zu gehen und am nächsten Donnerstag um 20 Uhr im Chat zu sein. Er brachte mir meine Kleidung, ich zog sie an und ging dann nach Hause.

Auf dem Weg in meine Wohnung machte ich mir so meine Gedanken über diesen Abend. War er nun gut gelaufen? Gefiel mir, was da passierte? Ich musste wieder an diesen schönen Moment denken, als Thorsten und ich zusammen das Essen kochten. Das gefiel mir, das wusste ich. Ich war mir nur nicht sicher, ob ich wirklich eine devote Masochistin sein wollte und ob ich tatsächlich die Veranlagung dazu hatte. Die Sache mit dem Rohrstock war schon ziemlich hart und die Striemen würden bestimmt auch noch einige Zeit sichtbar und wohl auch spürbar sein. Als ich daran dachte, rieb ich mir über meinen Po. Ich konnte die kleinen Wunden spüren und sofort musste ich grinsen. Warum ich grinsen musste, fragte ich mich und es gab nur eine Antwort darauf – weil es mir gefiel! Ich stand darauf!

Und in diesem Moment dachte ich noch einmal an die Schläge, und dass ich in der konkreten Situation noch mehr Schläge wollte, dass ich die beiden sogar freiwillig dazu animiert hatte, mich zu schlagen.

Damit war die Entscheidung gefallen! Ich war eine Masochistin! Eine devote Masochistin, die es genoss, Schmerzen zu spüren, sich anderen auszuliefern und von ihnen benutzt zu werden.

Bis ich zu Hause ankam, ließ ich keine Möglichkeit aus, meine Striemen am Po zu

berühren und ich erfreute mich an den Gefühlen, die ich dabei empfand.

Daheim angekommen ging ich duschen, was unter den gegebenen Umständen eine „ganz besondere Erfahrung" war (Menschen, die selbst schon mal frische Striemen am Po hatten, die noch leicht bluteten, wissen was ich meine), und danach ging ich direkt ins Bett.

Michael sah ich an diesem Abend nicht mehr, da er schon in seinem Zimmer war, als ich nach Hause kam, und er seinen Raum nicht mehr verlassen hatte.

10. Kapitel

Am nächsten Morgen blieb ich etwas länger im Bett liegen, da ich einen sehr unruhigen Schlaf hatte, was vor allem an meinem schmerzenden Po lag. Immer, wenn ich mich im Schlaf drauflegte, wurde ich wach und es dauerte jedes Mal eine Weile, bis ich wieder einschlief.

Gegen 11 Uhr erhob ich mich dann aber doch und machte mir erst einmal einen Kaffee. Während dieser durch die Maschine lief, ging ich ins Bad und betrachtete meine Rückseite. Sah gar nicht gut aus. Aber was soll´s. Ich duschte mich und cremte meine Striemen danach ein.

Ich verließ das Bad und trank meinen Kaffee im Wohnzimmer, während ich mir eine Folge meiner Lieblingsserie auf DVD ansah.

Michael war schon wieder weg. Wie sich später herausstellte, war er bei seiner lieben Freundin, der er beim Aufbau der Schrankwand geholfen hatte.

Nachdem ich den Kaffee ausgetrunken und den Fernseher wieder ausgeschaltet hatte, machte ich mir noch einmal Gedanken über meine sexuelle Zukunft. Ich überlegte mir, nun ernsthaft, ob ich das mit dem Masozeug durchziehen möchte, oder nicht. Ich überlegte hin, ich überlegte her und kam dann zu dem Ergebnis, dass ich es möchte. Mein letzter Eindruck von gestern Abend hatte also noch

Bestand. Ich war so davon überzeugt, dass ich direkt online ging, und dies meinem Herrn in einer Mail mitteilte. Leider ging er an diesem Tag wohl nicht mehr ins Internet, da ich keine Antwort von ihm bekam.

Den Rest des Tages verbrachte ich mit Faulenzen und Körperpflege.

Immerhin musste ich am nächsten Morgen, wegen der versprochenen Beförderung, zu meinem Chef und da wollte ich natürlich sowohl geistig, als auch körperlich topfit sein, wobei ich mir Gedanken darüber machte, wie meine „Provozierung" wohl bei den Leuten in meiner Firma ankommen würde.

Gegen 22 Uhr abends ging ich ins Bett und schlief fast direkt ein. Um besser durch die Nacht zu kommen, als am Tag zuvor, wickelte ich mir einen Verband um den Po, den ich mit etwas Watte ausstopfte.

11. Kapitel

Um pünktlich bei meinem Chef sein zu können, bin ich an diesem Morgen schon um 7.00 Uhr aufgestanden. Ich zog heute meine blaue „Uniform" an und machte mich auf den Weg.

Mein Boss empfing mich um halb 9 in seinem Büro. Außer ihm waren noch zwei weitere Männer im Raum, die nur unwesentlich älter waren als ich. Er stellte mir einen als Leiter der Abteilung für Kundenbetreuung vor und den anderen, der, wie sich später herausstellte, gut 12 Jahre älter war, als ich dachte, als seinen Stellvertreter.

Herr Müller-Schleich bedankte sich noch einmal bei mir, für meinen Arbeitseinsatz von Freitag, und ich erwiderte ihm, dass ich nur meine Pflicht getan hätte, was bei den beiden anderen Herren ein breites Grinsen auf das Gesicht zauberte.

Dann meinte der Chef der Kundenbetreuung, dass sie auf eine wie mich schon lange gewartet hätten. In diesem Moment klingelte das Handy unseres Vorgesetzten. Er teilte uns mit, dass seine Frau etwas Dringendes mit ihm zu besprechen hätte, und dass er uns für 10 bis 15 Minuten alleine lassen würde.

Als sich die Tür schloss, näherten sich die beiden Herren grinsend und auch ich konnte mir ein verschmitztes Lächeln nicht verkneifen. Der Chef der Kundenbetreuung hieß Klaus, er war 24 Jahre alt, und der Name des Stellvertreters von Müller-Schleich war Tom, der 34 Jahre war. Klaus forderte mich nun auf, dass ich meinen Blazer ausziehen sollte, damit er sich ein genaueres Bild von mir machen konnte.

Ich tat es.

Tom platzierte sich hinter mir und sein Kollege blieb vor mir stehen. Er sah mir in die Augen. Er hatte tolle hellblaue Augen, die unter seinen schwarz gefärbten Haaren noch intensiver leuchteten, als sie es wohl auch so schon täten. Seine breiten Schultern und seine Größe von einem guten Meter neunzig ließen mich etwas kribbelig werden. Dann spürte ich die Hände des anderen Mannes an meinem Po. Kräftig griff er an mein Gesäß und hob es kurz an, angeblich um dessen Festigkeit festzustellen. Ich grinste, als ich dies hörte. Auch mein Gegenüber konnte sich ein weiteres Hochziehen seiner Mundwinkel nicht verkneifen. Ich griff mir nun mit meinen Händen an die Brüste und begann sie zu reiben. Dabei schloss ich meine Augen und fing an zu stöhnen.

»Aber das kann ich doch für dich tun. Ich würde sie gerne in meinen Händen halten und damit spielen.«, kam es Klaus über die Lippen.

»Nur zu Chef! Dafür sind sie ja da!«, erwiderte ich fröhlich.

Klaus ließ sich nicht zweimal bitten. Ich öffnete meine Bluse und meinen BH, der seine Haken ebenfalls an der Front hatte, und schon wanderten die Hände des vor mir stehenden Mannes an meinen Busen. Wie der Kerl hinter mir, so packte auch er fest zu. Ich genoss ihre Hände an meinem Body. Tom öffnete nun meinen Rock und ließ ihn gen Boden gleiten, während Klaus mir die Bluse und den Büstenhalter auszog. Der stellvertretende Chef ging nun in die Knie und begann meine Oberschenkel zu küssen und meinen Po zu streicheln. Derweil betätigte sich mein künftiger Vorgesetzter als Zungenakrobat und spielte mit meinen Nippeln.

Nach einer Weile erreichte Toms Zunge dann meine Backen und er drückte sie auseinander, damit er mit seiner Zungenspitze mein Polöchlein lecken konnte. Er sagte nichts zu den Striemen an meinem Gesäß. Klaus küsste währenddessen weiter. Er konnte es gut. Er war ein guter Küsser. Dann baten sie, dass ich mich doggystyle auf den Tisch begeben sollte.

Ich tat es.

Unmittelbar darauf stellte sich Tom vor mir auf und zog seine Hose aus, damit ich den kleinen Tom in meinem Mund penetrieren konnte. Klaus erfreute sich zu dieser Zeit am Anblick meines Hinterteils und gab ihm ein paar sanfte Klapse, während er sich ebenfalls seine Kleider vom Körper entfernte. Dann spürte ich die

Spitze seiner Eichel an meiner Vagina. Diese war natürlich schon ganz feucht und so war es kein Problem für ihn in mich einzudringen. Bereits nach drei, vier Stößen gab es bei jeder Bewegung, die mein künftiger Chef in mir vollzog, den typischen „Schmatzlaut". Beide Herren begannen laut zu stöhnen und ich begleitete sie dabei, so gut es mit gefülltem Mund eben ging. Beide Männer verfügten über überdurchschnittlich große Genitalien, sodass meine beiden Öffnungen gut ausgefüllt waren, und ich diesen Geschlechtsverkehr richtig genießen konnte. Nach etwa drei Minuten intensivstem GV wechselten die beiden Männer ihre Positionen, wobei sich Tom nun um mein Hintertürchen kümmerte, und ich damit begann mich zu streicheln und mir selbst drei Finger einzuführen. Der Akt dauerte dann noch etwa vier Minuten, bevor beide Herren ihren Saft über mich ergossen. Tom spritzte ihn mir auf den Hintern und Klaus kam in meinem Mund. Da ich nichts versauen wollte, schluckte ich die weiße Masse, was meinen künftigen Chef sehr erfreute.

Danach war die Session beendet und ich zog mich wieder an. Kurz, nachdem ich damit fertig war, kam Müller-Schleich wieder in den Raum, und erkundigte sich, ob die beiden Herren denn soweit zufrieden mit mir wären. Dabei hatte er ein schelmiges Grinsen über sein Gesicht gezogen, so als hätte er genau gewusst, was hier gerade passiert war.

Die beiden Männer gaben ihre vollste Zufriedenheit bekannt und keine fünf Minuten später fuhren wir mit einem Firmenwagen zu einem sehr teuren Designerladen, wo ich für meinen neuen Arbeitsbereich eingekleidet wurde.

Mein Chef und sein Stellvertreter begleiteten mich in den Laden und ließen es sich auch nicht nehmen mir in die Umkleide zu folgen.

Ich bekam teure und schicke Spitzendessous, neue BHs und Tangas, schöne Blusen, sehr knappe Miniröcke und knapp geschnittene Kleider. Des weiteren kauften sie mir neue

Stiefel, Stilettos, Pumps und ein paar elegante Lackschuhe. Den beiden Männern gefiel es, mir dabei zu zusehen, wie ich mich dreizehn, vierzehn Mal in die engen, manchmal auch zu engen, Klamotten zwängte. Sie halfen mir beim An- und Ausziehen und zogen und zückten die Kleider zurecht, bis sie korrekt saßen.

Als wir das Geschäft verließen, hatte ich von der Firma Kleidung im Gesamtwert von 2.800 Euro erhalten, wobei gut und gerne 600 Euro für die Ersatzkleider draufgingen, die in der Firma, in meinem neuen Büro, hängen bleiben sollten, für den Fall, dass meine anderen Kleider in der Firma befleckt oder sonst irgendwie beschmutzt werden würden. Als wir wieder an meinem Arbeitsplatz ankamen, zeigte man mir noch das eben genannte Büro, das ich nun mein Eigen nennen durfte. Ich hing meine „Arbeitsklamotten" in den Schrank und dann durfte ich wieder nach Hause gehen, da der Montag ja eigentlich mein freier Tag war. Eine genaue Einweisung und alles Weitere sollte ich dann am darauffolgenden Dienstag erhalten.

Als ich zu Hause ankam, was es 12.08 Uhr und da ich um 14 Uhr meine erste Vorlesung hatte, entschied ich mich etwas zu tun, was ich in diesem Semester noch nicht tat: Ich ging an die Uni.

Auf dem Weg zum Campus dachte ich noch einmal kurz über den heutigen Morgen nach. Eigentlich hatte ich mich den Herren freiwillig und ohne erkennbaren Zwang hingegeben. Das ist eigentlich nicht meine Art, zumal ich es den beiden Herren hätte viel schwerer machen müssen. Das heute Morgen, war das erste Mal, dass ich aus objektiv freien Stücken Sex hatte, obwohl es ja mein Ziel war, mich nur gegen Druck und erkennbaren Widerstand poppen zu lassen. Oder gab es doch einen Zwang? Wenn ich nicht mit den beiden Herren geschlafen hätte, hätte ich dann diesen Job bekommen oder hatten sie nicht von mir erwartet, dass ich mit ihnen verkehre? Was wäre gewesen, wenn ich zicken gemacht hätte? Wären sie dann gegangen und hätten mich wie Charlotte unter irgendeinem fadenscheinigen Grund gefeuert? Ich war mir nicht sicher, was es nun war. Zwang, oder dass ich einfach ein Spiel gespielt hatte, bei dem es nur eine logische Reaktion von mir geben konnte, nämlich genau diejenige, die ich auch vollzogen hatte.

Ich redete mir ein, dass ein Zwang vorhanden war, und dass dieser Zwang auch künftig im Raum schweben würde, da ich, wenn ich nicht gefügig einfach meinen Job machen würde, schneller entlassen worden wäre, als ein gelähmter Rettungsschwimmer.

Die beiden Vorlesungen, die von 14 bis 18 Uhr gingen, hatte ich schnell hinter mich gebracht und als dies geschehen war, fuhr ich wieder nach Hause.

Dort angekommen fand ich einen Brief von der Bank, mit der ich den Kreditvertrag abgeschlossen hatte, bei meiner Post liegen, die Michael mir immer in mein Zimmer brachte. Ich öffnete ihn und musste lesen, dass ich am

Mittwochnachmittag gegen 16 Uhr einen Termin beim Onkel meines Mitbewohners hatte, um eine kurze Rücksprache, wegen der Erfüllbarkeit meiner eingegangenen Verpflichtungen zu führen. Ich fand dies zwar seltsam und bestimmt nicht üblich, aber da ich meinen unterschriebenen Vertrag hatte und alles tat, was dieser Kerl von mir verlangte, machte ich mir keine weiteren Gedanken wegen dieser Sache.

Da Michael an diesem Abend ausnahmsweise Mal nicht zu seiner Freundin ging, sondern bei mir blieb, tranken wir eine Flasche Wein zusammen, redeten und sahen fern. Gegen 23 Uhr ging ich dann ins Bett, nachdem ich meine neuen Kleider, die ich morgen anziehen wollte, fein säuberlich über einen Stuhl gelegen hatte.

12. Kapitel

Am nächsten Morgen erschien ich pünktlich an meinem neuen Arbeitsplatz. In meinem Büro wurde ich bereits von Klaus und Frau Schneider erwartet. Während die Kollegin mir das hausinterne Computerprogramm erklärte, zeigte mir Klaus, wo in meinem Büro, was zu finden war, und übergab mir einen Terminkalender, indem alle wichtigen Daten für die nächsten zwei Wochen eingetragen waren.

Dann verabschiedete er Frau Schneider und wir blieben alleine im Büro. Als die Kollegin die Tür geschlossen hatte, kam sofort ein breites Grinsen auf Klaus` Gesicht und er näherte sich mir. Ich stand hinter meinem Schreibtisch, vor meinem breiten, gut gepolsterten Ledersessel, und mein Kollege stand links neben mir. Ich sah zu ihm hin und er kam noch näher. Er umfasste meine Hüften und auch sein Unterleib war unmittelbar vor dem Meinen angekommen.

»Was soll das?«, fragte ich.

»Na ja, ich dachte mir, dass wir mal die Strapazierfähigkeit Ihrer neuen Dienstkleider austesten, damit wir sehen können, ob sie bei starker Belastung verknittert oder ob sie eine solche Beanspruchung aushält!«, erklärte er.

Ich sah ihn ernst an und schüttelte den Kopf.

»Ich habe gestern einen hohen, zwei Jahre laufenden Arbeitsvertrag unterschrieben, der eine sehr hohe Lohnfortzahlung im Fall einer Kündigung vorsieht, weshalb ich keinen Grund sehe, erneut mit Ihnen Sex zu haben, Herr Kollege!«, erwiderte ich ernst.

Im ersten Moment war Klaus völlig überrascht. So etwas hatte er bestimmt noch nie von einer Kollegin gehört. Ich war gespannt, wie er reagieren würde. Allerdings muss ich gestehen, dass ich auch etwas Angst hatte, mich direkt am Anfang soweit aus dem Fenster zu lehnen und so etwas zu meinem direkten Vorgesetzten zu sagen. Nach einem kurzen Moment der Verblüffung, erklärte er mir, dass ich genauso schnell, wie ich in diese Position gekommen war, auch wieder auf der Straße landen könnte. Auf der anderen Seite könnte er mir aber, nach einer gewissen Zeit, wenn ich mich immer gut um ihn kümmern würde, eine Empfehlung aussprechen, sodass ich nicht nur mehr Geld, sondern auch eine noch höhere Position in der Firma bekommen könnte. Dabei grinste er lüstern. Ich sah ihm tief in die Augen und fragte:

>»Das würden Sie für mich tun, wenn ich ein klein wenig nett zu Ihnen wäre, und wenn wir die Belastbarkeit meiner neuen Dienstkleidung austesten würden?«

Dabei grinste ich ihn ebenso lüstern an, legte meine Arme auf seine Schultern, und begann meinen Unterleib an ihm zu reiben.

>»Genau, Fräulein de Angelo!«, stellte Klaus fest.

Ich ließ von ihm ab und drehte mich um.

>»So eine bin ich nicht! Ich gebe mich nicht so einfach jedem Mann hin, nur weil er meine Karriere fördern kann!«, erklärte ich und drehte mich dann wieder zu ihm,

»Wenn Sie was von mir wollen, dann müssen Sie es sich schon holen!«

Dann lächelte ich ihn an und konnte an seinem Gesichtsausdruck erkennen, wie es in ihm arbeitete, bis der Groschen gefallen war. In diesem Moment wurde sein Grinsen um ein Vielfaches breiter und er nickte.

»Wir sehen uns, Fräulein!«, sagte er zufrieden und verließ zu meiner Verwunderung das Büro.

Ich setzte mich daraufhin an meinen Platz und las mir eine Einführung in das firmeninterne Computerprogramm durch.

Kurz vor der Mittagspause betrat Frau Schneider mein Büro und erkundigte sich, wie ich denn mit der Software zurechtkäme und ob sie mir irgendwie helfen könnte.

Ich antwortete ihr, dass soweit alles in bester Ordnung sei. Sie nickte zufrieden und wollte danach wissen, ob ich in meiner Mittagspause gerne mit ihr irgendwohin gehen möchte. Ich erkundigte mich wohin denn genau und sie erwiderte, dass ich das ja dann sehen würde.

Sofort erinnerte ich mich an ihr Versprechen, dass sie ihre sexuellen Erfahrungen mit mir teilen wollte, und sagte ihr zu. Sie grinste und verließ den Raum wieder.

Als es dann 12 Uhr war, ging ich zu ihr ins Büro und wir verließen beide das Firmengebäude, um zu einem kleinen Hotel, in der Nähe des Saarbrücker Bahnhofs zu laufen. Dort mietete sie uns ein Zimmer für den Nachmittag, welches wir kurz darauf betraten. Eine große, schwarze Ledertasche, die sie vom Büro aus mitgebracht hatte, stellte sie neben das Bett. Ich blieb an der Eingangstür des Raumes stehen und sah mich etwas um. Es war ein relativ kleines Zimmer mit einem Doppelbett, dem ein Fernseher gegenüberstand, und des weiteren, gab es noch einen kleineren Raum, der ein Badezimmer mit Wanne war. Frau Schneider lächelte mich an. Ich erwiderte dieses Schmunzeln. Dann schaute sie plötzlich ernst drein. Von einem Moment auf den anderen fielen ihre Mundwinkel nach unten. Ich erschrak.

»Zieh deine Kleider aus!«, befahl sie in strengem Ton, wobei sie sich zu ihrer Tasche herunterbückte und einen Rohrstock draus hervor holte.

»Na wird`s bald!«, erklärte sie weiter.

Obwohl ich mit etwas Ähnlichem gerechnet hatte, wurde ich nervös. Sehr nervös. Ich sah ihr tief in die Augen und begann ihrem Befehl Folge zu leisten. Zuerst zog ich meinen Rock aus, dann knöpfte ich die Bluse auf, bevor ich mich dann meines Büstenhalters entledigte. Danach waren meine Stilettos dran. Gerade, als ich begann die Strümpfe herunterzurollen, gab sie mir die Anweisung, dass ich mich mit dem Rücken auf das Bett legen sollte. Ich näherte mich der Schlafstätte und als ich mich auf allen Vieren in Position bringen wollte, musste ich kurz grinsen, was sie mit einem heftigen Schlag auf meinen Po, sofort unterbunden hatte.

»Wir sind nicht zu deinem Vergnügen hier, junge Dame, sondern damit du etwas lernst! Hast du das verstanden?«, klärte sie mich auf.

Ich sah sie einen Augenblick lang an und erwiderte:

»Jawohl, Frau Schneider!«

»Du sagst „Jawohl, Herrin"!«, verlangte die Chefsekretärin und gab mir einen weiteren Schlag auf mein Hinterteil.

Diesmal schlug sie auf die andere Backe und sofort, nachdem der Stock sich entfernte, stellte sich dieses Kribbeln an meinem Po ein, dass ich mir so gut gefiel.

Danach legte ich mich, wie mir befohlen wurde, mit dem Rücken auf das Doppelbett, genauer gesagt, auf die linke Hälfte, da Frau Schneider auf dieser Seite, neben der Schlafstätte, stand. Ich lag nun vor ihr und trug noch meine Strümpfe und den Tanga.

»Bist du bereit zu lernen? Meinen Befehlen bedingungslos Folge zu leisten und alle Anweisungen nach bestem Wissen und Gewissen auszuführen, ganz gleich, wie diese auch lauten mögen?«, erkundigte sich die 45-jährige.

»Jawohl, Herrin!« kam es mir über die Lippen.

»Sehr gut, Esther! Dann werden wir jetzt anfangen, dich zu erziehen!«, sagte sie streng zu mir und redete weiter:

»Jedes Mal, wenn du etwas schlecht machst, oder nicht gehorchst, bekommst du einen Schlag mit dem Rohrstock! Entweder auf den Oberschenkel (sie schlug mit dorthin), auf den Bauch (sie schlug mich auf den Bauch) oder auf deine Brüste (der Stock landete unsanft auf den Busen)! Hast du das verstanden?«

»Ja, Herrin!«, erwiderte ich und sah dabei an die Decke.

»Da du mich nicht ansiehst, während du mit mir sprichst, gehe ich davon aus, dass du bereits ein paar Lektionen der Unterwürfigkeit lernen durftest!«

»Ja, Herrin!«

»Bei wem hast du diese Lektionen gelernt, Esther?«

»Bei meinem Herrn!«

»Du hast einen Herrn?! Interessant! Seit wann gehörst du ihm denn, Esther?«

»Seit Freitag – Herrin!«

Sie zögerte einen Moment. Anscheinend machte sie sich einen Plan, aufgrund der eben gewonnenen Erkenntnisse. Dann beugte sie sich erneut über die Tasche und zog eine Augenmaske hervor, die sie mir befahl, anzuziehen.

Ich tat es.

Meine Nervosität stieg. Ich hörte, dass sie schon wieder in ihrer Tasche zu kramen begann. Ich bemerkte, dass sie Gegenstände auf das Bett legte, und dann hörte es sich so an, als würde sie sich entkleiden. Kurz darauf klingelte ihr Handy. Sie ging ins Badezimmer und schloss die Tür hinter sich, sodass ich nicht hören konnte, mit wem sie, worüber sprach.

Nach etwa einer Minute öffnete sich die Tür wieder und Frau Schneider kam mir näher. Sie

befahl mir die Hände über meinen Kopf zu halten.
Ich tat es.
Dann begann sie damit, mich an die Stange, am Kopfende des Bettes, zu binden. Nun befahl sie mir meine Beine zu spreizen.
Ich gehorchte.
Auch diese band sie nun an der Schlafgelegenheit fest. Daraufhin lobte sie meine reine und glatte Haut. Ich bedankte mich für das Kompliment und bemerkte, dass sie am Fußende des Bettes stehen blieb. Frau Schneider begann über meine Unterschenkel zu streicheln. Ich bekam eine Gänsehaut. Meine Aufregung wurde von einem inneren Kribbeln und einer starken Neugierde abgelöst. Dann brachte die 45-jährige ihre Zunge ins Spiel. Während sie ihre Hände nun weiter zu meinen Füßen hin wandern ließ, machte sie sich mit ihrem Kopf daran, meine Oberschenkel zu befeuchten. Ich fing leise an zu stöhnen.
Plötzlich klopfte es an der Tür. Ich hörte eine Männerstimme, die mir nicht bekannt war. Er

sprach die Worte „Multimark Liteproof" und Frau Schneider erwiderte „Eyepower T1". Daraufhin öffnete sich die Tür und der Mann betrat das Zimmer. Anscheinend hatte sich die Chefsekretärin hier mit jemandem verabredet, um mit diesem Mann zusammen, mit mir zu spielen. Ich muss zugeben, dass mir diese Sache einen extra Kick gegeben hatte. Meine Nervosität stieg zwar auch wieder an, aber die Neugierde und das Bedürfnis, dass es endlich losgehen sollte, überwogen bei weitem.

»Ist sie das?«, fragte die Männerstimme.

»Jawohl, mein Herr!«, erwiderte Frau Schneider, was mich überraschte.

Hatte sie etwa auch deinen Dom? Wie war nun meine Rolle in diesem Spiel? War ich die Untergebene einer Untergebenen, so wie im alten Rom, wo es durchaus üblich war, dass die Sklaven sich Sklaven halten durften?

Diese und ähnliche Gedanken erübrigten sich aber kurz darauf, da der Mann zu Frau Schneider sagte, dass sie am heutigen Tag, denselben Rang, wie er einnahm, und dass sie ebenso, wie er selbst, Dinge einbringen und eigenständig vollziehen durfte. Sie bedankte sich demütig bei ihrem Herrn und dann begannen die beiden endlich ihre Session mit mir. Ich spürte, dass eine der beiden Personen, dies war der Mann, neben mich auf das Bett kam, und dass Frau Schneider links neben mir stehen blieb.

Zuerst forderte der Herr die Klammern, womit er Brustwarzenklemmen meinte, die er auch sofort an meinen Nippeln anbrachte. Als dies passierte, stöhnte ich kurz auf. Es war ein schönes Gefühl, ein herrlicher Schmerz. Schon jetzt freute ich mich auf den Moment, indem sie die beiden Klammern wieder entfernen würden und das Blut hart in meine beiden Knöpfchen hineinschießen wird. Was mich an diesem Spielzeug allerdings irritierte, war, dass sich an beiden Klammern Kabel zu befinden schienen, die ich eindeutig unterhalb meiner beiden Brüste, über meinem Bauch herunterverlaufend, spüren konnte. Aber es blieb keine Zeit sich darüber Gedanken zu machen, da ich schon einen Augenblick später, die Hand des Mannes an meiner Stirn spüren konnte. Zur selben Zeit bemerkte ich, dass Frau Schneider einen relativ schweren und großen Apparat zwischen meine gespreizten Beine stellte. Dieser befand sich etwa in der Höhe meiner beginnenden Unterschenkel. Danach spürte ich, dass ich sich die Frau auf meine Oberschenkel setzte.

Der Mann bestieg mich etwas weiter oben. Ich konnte kurz darauf seine Eichelspitze an meinen Lippen spüren.

Etwa in diesem Moment konnte ich das Anstarten eines Elektromotors hören, der irgendetwas sehr schnell anzutreiben schien. Ich erschrak und drückte diese Emotion in einem kurzen Schrei aus. Allerdings konnte ich nichts spüren oder irgendeine Veränderung an mir bemerken. Dann vernahm ich, dass Frau Schneider zu stöhnen begann. Später hatte ich mitbekommen, dass dieses Gerät eine Sexmaschine war, von der sie sich hatte befriedigen lassen.

Nun drückte mir der Mann seinen Penis in den Mund und befahl mir daran zu saugen. Ich tat es und der Herr begann direkt zu stöhnen. Sein kleiner Freund schmeckte gut und er hatte auch eine mehr als überdurchschnittliche Größe und Dicke.

Immer tiefer rammte er mir sein Genital in den Mund und berührte dabei auch ein, zwei Mal mein Zäpfchen. Das Stöhnen der Sekretärin wurde ebenso, wie die Töne des Mannes, immer lauter und schneller. Dann begann Frau Schneider damit, mich zu befriedigen, indem sie einen kleinen, einen sehr kleinen Liebesstab in meine Vagina einführte, und darin zu bewegen begann. Gerade, als ich anfing die Situation zu genießen, spürte ich ein kribbeln an meinen Brustwarzen. Zuerst dachte ich, dass ich mich geirrt hätte, aber dann wurde das Gefühl stärker und mit einem Mal so stark, dass es begann, weh zu tun.

Nun wusste ich, was die Kabel, die ich wahrgenommen hatte, für eine Aufgabe besaßen. Die Klemmen an meinen Brüsten konnten über diese Verbindung unter Strom gesetzt werden und mir Schläge verabreichen. Diese Stromstöße waren teilweise, wie ein Kitzeln, aber die stärkeren taten sehr weh. Mir kamen die Tränen, was man allerdings unter der Augenmaske nicht sehen konnte. Auch meine Schreie wurden, durch meinen gut gefüllten Mund, sehr stark unterdrückt, und es dauerte eine ganze Weile, bis ich auf die Idee kam, stärkere Schmerzen, durch größere Stromstöße, mit einem übertriebenen Zappeln und angetäuschtem Verkrampfen, auszudrücken. Aufgrund ihrer Erfahrung mit diesem Gerät, wussten die beiden aber sofort, dass meine Reaktion vollkommen überzogen war, was natürlich eine Bestrafung zur Folge hatte. Der Mann nahm seinen großen Amigo aus meinem Mund und äußerte seine Enttäuschung über mein Verhalten. Auch Frau Schneider schaltete ihren Freudenbringer ab und stieg vom Bett. Die beiden lösten meine Fesseln und erklärten mir, dass sie ein solches Verhalten weder tolerieren noch durchgehen lassen werden. Der Mann hob mich an und drehte mich auf den Bauch. Ich sollte mich in die Hündchenstellung begeben – was ich auch tat.

Dann verlangte Frau Schneider von mir, dass ich mit meinen Händen die Stange am Kopfende des Bettes umgreifen sollte.

Ich gehorchte.

Danach band sie meine Fußgelenke erneut am unteren Teil des Bettes fest – die Fesseln hatten eine entsprechende Länge, sodass dies funktionierte – und sogleich begann meine Bestrafung. Der Mann, ich konnte nun an der Stimme erkennen, dass es Klaus war, der versuchte sich zu verstellen, gab mir ein paar heftige Hiebe mit dem Rohrstock auf meinen Po. Bei jedem Schlag schrie ich kurz und stöhnte auf. Während dessen griff sich Frau Schneider meine langen Haare, wickelte sie sich einmal um die Hand und zog jedes Mal daran, wenn Klaus mir einen Schlag versetzte. Diese Schmerzen und das Gefühl des vollkommenen Ausgeliefertseins erregten mich so sehr, dass nach einer Weile ein wenig Flüssigkeit aus meiner Scheide, auf das Bettlaken tropfte. Als meine Peiniger dies erkannten, entschlossen sie sich, meiner aufkommenden Erregung dadurch entgegenzuwirken, dass sie mir die Maschine, mit der sich Frau Schneider eben noch vergnügte, in meine Vagina einführten und auf maximale Stoßzahl, nämlich 72 Stöße in der Minute, einstellten.

Ganze acht Minuten lang ließen sie das Gerät laufen. Dabei schlugen sie mir immer wieder mit dem Rohrstock auf den Po, die Oberschenkel oder den Rücken. Bei jedem Schlag zog Frau Schneider an meinen Haaren und beschimpfte mich aufs Derbste, dahingehend, dass es absolut unnatürlich und in höchstem Maße abartig sei, von solch einer Behandlung erregt zu werden.

Ich genoss die Session allerdings so sehr, wie ich noch nie zuvor in meinem Leben etwas genossen hatte. Das, was die beiden hier mit mir taten, war mehr, als ich in meinen kühnsten Träumen erwartet hätte, jemals in der Realität mitmachen zu dürfen. Ganze drei Mal schwebte ich während dieser Minuten im siebten Himmel und auch, wenn ich zugeben muss, dass es mit fortschreitender Dauer eher schmerzhafter, als erregender wurde, so genoss ich doch jeden Moment dieser Zeit. Kurz bevor die Session zu Ende war, übergab Klaus seinen Stock an Frau Schneider, die mich daraufhin mit einer Hand an den Haaren zog und mit der anderen meine Oberschenkel und meinen Po bearbeitete. Dies musste sie tun, da Klaus nun in mein Hintertürchen eindrang und bereits kurz danach seinen Höhepunkt darin erlebte. Laut stöhnend ließ er seinen Freudensaft in meine Analöffnung schießen.

Dann stieg er keuchend von mir herab und schaltete die Maschine aus. Ich war total erledigt und meine, in den letzten Tagen stark strapazierte, Körperöffnung brannte, als hätte jemand einen halben Liter Alkohol, auf eine offene Wunde geschüttet.

Nun endeten auch die Beschimpfungen und das Haareziehen.

Ich hörte nun, dass die beiden ins Bad gingen, und das Wasser in der Wanne aufdrehten. Die Tür zu diesem Raum hatten sie verschlossen. Die Maschine, mit dem Freudenstab hatten sie mitgenommen. So war ich nun alleine auf dem Bett. Gefesselt und total geschafft. Ich versuchte meine derzeitige Stellung zu verändern, aber dies war mir aufgrund der strammen Fesseln nicht möglich. So verblieb ich in meiner Position und hörte mir an, wie auch Frau Schneider ihren wohlverdienten Höhepunkt erreichte. Ob sie es nun mit der Maschine oder mit Klaus getan hatte, wurde mir nie mitgeteilt. Ich weiß jedenfalls, dass die beiden danach ein sehr ausgiebiges Schaumbad genommen hatten, dass etwa 60 Minuten dauerte, bevor sie dann den Raum wieder verließen und zu mir ins Zimmer kamen.

Da sie sich für den Nachmittag freigenommen hatten, hatten sie natürlich auch alle Zeit der Welt – im Gegensatz zu mir, da mir lediglich eine dreiviertel Stunde für die Mittagspause zustand und ich schon seit geraumer Zeit wieder hätte an meinem Arbeitsplatz sein müssen.

Als Klaus und Frau Schneider in die Betthälfte neben mir kamen, konnte ich hören, wie die beiden sich küssten und sich gegenseitig liebkosten. Sie konnten also auch richtig zärtlich sein, wenn sie es wollten. Ihre Romanze wurde jedoch durch das häufige Klingeln meines Arbeitshandys gestört, das ich vergaß auszuschalten. Daher entschlossen die beiden, mir für jedes Läuten einen Stromstoß zu verpassen, während sie noch zwei weitere Male miteinander verkehrten. Mal waren die Stöße stärker oder schwächer.

An diesem Mittag lernte ich, dass ich keine Freundin von Elektrizität war, und es wohl auch niemals sein werde. Damit hatte ich mein erstes Tabu festgelegt. Dieses eine Mal musste ich es aber über mich ergehen lassen.

Nach einer weiteren Stunde verließen meine Kollegen das Bett, gingen noch einmal ins Bad, machten sich frisch, zogen sich an und nahmen mir die Klemmen ab, was den sofortigen schmerzhaften Durchfluss von Blut in meine Nippel zur Folge hatte. Danach gingen sie aus dem Zimmer und ließen mich alleine. Zuerst dachte ich, dass sie mich ärgern wollten, und nur so täten, als ob sie gegangen wären. Ich meinte, dass sie im Raum geblieben waren und meine Reaktion darauf testen wollten. Ich jedenfalls wollte eine starke Frau sein, verhielt mich etwa zwanzig Minuten lang ganz ruhig und versuchte sie atmen zu hören oder sonst irgendeinen Laut zu vernehmen, der von den beiden produziert werden konnte. Jedoch kam da nichts. Es war kein Geräusch und keine Atmung vorhanden. Ich wurde nervös und fragte mich, was ich denn nun machen sollte. Ich entschloss mich dann, meinen Kopf nach vorne zu beugen und zu versuchen meine Augenmaske an der Stange des Bettes abzustreifen, was mir nach mehreren Versuchen auch gelang. Ich drehte meinen

Kopf zur Tür und konnte tatsächlich sehen, dass niemand mehr hier war.

Dann blickte ich auf meine gefesselten Hände und erkannte, dass es sich um einen einfachen Knoten handelte, den ich mit meinen Zähnen lösen konnte, und so befreite ich mich von meinen Bindungen. Danach ging ich ins Bad und betrachtete mir meinen Körper im Spiegel. Meine Nippel waren feuerrot, meine Schamlippen standen ihnen in nichts nach und an meinen Beinen, dem Rücken und dem Po waren etliche Striemen zu erkennen, die aber nicht bluteten.

Ganz automatisch ging ich zur Wanne, drehte das Wasser auf und wollte mich säubern, da fielen mir aber die Schmerzen ein, die ich das letzte Mal ertragen musste, als ich weit aus weniger Blessuren an meinem Körper trug, und so entschied ich mich, mich direkt anzuziehen und zurück in die Firma zu gehen.

Es war 15.26 Uhr, als ich mein Büro betrat. Da wir eine Stechuhr hatten, loggte ich mich ins System ein, um zu sehen, ob ich die Uhrzeit meiner Rückkehr aus der Mittagspause irgendwie manipulieren konnte, musste dann aber feststellen, dass mir Klaus für heute Mittag und den morgigen Tag eine Fortbildung eingetragen hatte, die pauschal als 8-Stunden-Arbeitstag gerechnet wurde. Also hatte ich den Rest des Tages frei.

Ich verließ das Gebäude daraufhin wieder, ging mir in die nächste Apotheke eine Wund- und Heilsalbe kaufen und machte mich dann auf den Weg nach Hause, wo ich mich mit der Creme einrieb, mir ein dickes Kissen unter den Po legte und fünf Episoden meiner Lieblingsserie auf DVD ansah, während ich eine große Portion Schokoladeneis naschte.

Alles in allem war es ein toller Tag, der eine Menge positiver Eindrücke bei mir hinterließ, aber auch die eine oder andere negative Erkenntnis zutage förderte.

Gegen 22 Uhr legte ich mich ungewaschen ins Bett und schlief fast direkt ein.

13. Kapitel

Als ich am nächsten Morgen gegen 10 Uhr aufwachte, war ich ziemlich durch den Wind. Ich hatte die ganze Nacht Albträume von der übelsten Sorte:

Ich war in einem Keller eingesperrt, es roch gammelig und überall waren Ratten am Boden, die an meinen Füßen nagten, mir die Beine hinaufkrabbelten und mir die Haut von den Schenkeln, dem Bauch und den Armen knabberten. Es war total dunkel an diesem Ort, sodass ich die Tiere nur hören und spüren, aber nicht sehen konnte.

Hin und wieder bekam ich harte Stromstöße an meine Schamlippen und Brustwarzen. Der Traum war so realistisch und dramatisch, dass ich total verschwitzt und zitternd aufwachte. Mir floss der kalte Angstschweiß am Körper herunter.

So konnte es nicht weitergehen!

Ich kochte mir eine Tasse Kaffee und legte mich wieder in mein Bett, um über die jüngsten Ereignisse nachzudenken.

Nachdem ich das letzte Mal bei Thorsten war, hatte ich zwar Zweifel, aber letztendlich war ich damals zu dem Ergebnis gekommen, dass ich eine masochistisch veranlagte, unterwürfige Frau war. Nach der gestrigen Session hatte sich diese Meinung aber geändert. Ich mochte die Art der Behandlung, wie ich sie gestern erfahren hatte, absolut nicht. Allerdings war mir nicht bekannt, ob es überhaupt eine Trennung zwischen Masochismus und Unterwürfigkeit gab.

»Im Prinzip baut das eine ja auf dem anderen auf!«, dachte ich und nahm einen Schluck Kaffee zu mir.

Als ich meinen Arm anhob, um die Tasse zu meinem Mund zu führen, kam mir ein ekliger Schweißgeruch in die Nase, der mich dazu bewegte, mich trotz der zu erwartenden Schmerzen, zu duschen.

Als ich mich unter das warme Nass zwang und sich die ersten körperlichen Qualen einstellten, fiel mir ein, dass ich heute Nachmittag um 16 Uhr noch einen Termin bei Michaels Onkel in der Bank hatte. Diese Erkenntnis trug allerdings nicht gerade etwas dazu bei, dass es mir besser ging.

Als ich die Dusche hinter mich gebracht hatte, fuhr ich meinen PC hoch und suchte im Internet nach Antworten, auf die kürzlich aufgekommenen Fragen.

Ich ging in meinen Lieblingschat und besuchte drei meiner favorisierten Foren, um etwas Licht in mein Dunkel bringen zu können.

Glücklicherweise gelang mir dies. Und nicht nur das, es wurde mir sogar erklärt, dass beide Themen völlig separat betrachtet und ausgelebt werden können.

Ein netter Mann erklärte mir, dass er sich seit Jahren eine Sklavin und eine „Hündin" halten würde. Beide hätten nur während ihrer Erziehung hin und wieder mal ein paar Prügel bezogen, aber ansonsten wäre seine Beziehung zu den beiden Frauen völlig gewalt/- und schmerzfrei.

Weiterhin teilte er mir mit, dass es auch zum Ausleben masochistischer Neigungen keinesfalls notwendig ist, dass der Partner, der Schmerzen liebt, unterwürfig sein müsste. Er erklärte mir, dass es ja auch die Möglichkeit gäbe, dass eine Frau oder ein Mann ihren Partner provoziert, ihn oder sie zu quälen, oder dies ganz einfach von ihm einfordert, ohne dass er oder sie eine devote Stellung einnehmen musste.

Ich wusste zwar nicht, ob er wirklich aus eigener Erfahrung sprach, aber das, was er sagte, erschien mir durchaus logisch, sodass ich mich recht herzlich bei ihm bedankte, mein erstes „Petplay-Rollenspiel" spielte und mich dann voll und ganz den Internetforen widmete.

Ich stellte entsprechende Fragen und schilderte meine Erfahrungen, der jüngsten Vergangenheit, und wie ich mich dabei fühlte, woraufhin ich durchweg die Rückmeldungen bekam, dass ich zwar eine devote Frau, aber keinesfalls eine masochistisch veranlagte Person wäre, da die geschilderten Erlebnisse keinesfalls harte Masospielchen seien, sondern eher etwas für Anfänger, um herauszufinden, ob eine entsprechende Neigung vorliegt, oder nicht.

Nachdem ich dies alles gelesen hatte und auf mich wirken ließ, war ich erleichtert. Ich war also doch keine masochistisch veranlagte Frau und musste mich nun doch nicht weiterhin Schlagen und Quälen lassen – und als mir dieser Gedanke, genauso, durchs Hirn schoss, war mir eigentlich klar, dass ich es wirklich nicht bin. Wieso wäre es sonst ein Zwang für mich gewesen, dies alles mit mir machen zu lassen? Wie konnte ich überhaupt jemals glauben, dass ich solche Neigungen hatte? War es die Neugierde oder war es wirklich nur wieder das viel zitierte „Fantasie und Realität sind zwei paar Dinge"!?

Vielleicht musste ich einfach nur mal realen Schmerz spüren, in Wirklichkeit gequält werden, um zu sehen, dass es sich ganz anders anfühlt, als ich es mir in meinem Kopf vorstellte.

Als ich meinen PC gegen 14 Uhr ausschaltete, fiel mir ein Stein vom Herzen. Die Erkenntnisse der letzten beiden Stunden waren wie eine Erlösung für mich.

Ich fasste den Entschluss mich nie wieder von irgendjemandem beim Sex schlagen zu lassen.

Nun hatte ich auch, von einem Moment zum anderen, keine Angst mehr vor dem Treffen mit Michaels Onkel in der Bank. Was konnte da schon viel passieren? Immerhin waren die Verträge unterzeichnet.

So kochte ich mir ein leckeres Mittagessen (Currywurst mit Pommes Frites) und machte mich gegen halb vier auf den Weg zur Bank.

14. Kapitel

Kurz vor 16 Uhr erreichte ich das Geldinstitut, wo mich der Verwandte meines Mitbewohners, vor seinem Büro stehend, bereits erwartete und mich mit seinem Markenzeichen, dem seltsam anmutenden Grinsen, empfing. Nachdem ich ihn freundlich begrüßt hatte, bat er mich einzutreten und Platz zu nehmen.

Zusätzlich äußerte er noch, dass ich mich ja in seinem Arbeitszimmer bereits auskennen würde, was mir nun ein gewisses Lächeln ins Gesicht zauberte.

Ich setzte mich auf den Stuhl, vor dem Schreibtisch, nachdem ich meine Jacke ausgezogen und an einen, im Raum befindlichen, Kleiderständer, gehangen hatte.

Ansonsten trug ich nur ein weißes T-Shirt mit einer Maus vorne drauf, eine blaue Jeans, eine blaue gepolsterte Push-Up Unterhose, weiße Turnschuhe und ebensolche Socken.

Michaels Onkel, ich nenne ihn immer so, weil ich seinen Namen im Laufe der Zeit vergessen habe, setzte sich hinter seinen Schreibtisch, nahm einen braunen Umschlag aus einer Schublade hervor und legte ihn vor sich.

Nachdem wir uns ein paar Komplimente gemacht hatten, erkundigte ich mich, weshalb ich denn hier sei, und er erwiderte mir, dass es ein paar weitere Kleinigkeiten zu klären gäbe.

Da ich seit dem Mittag so gut aufgelegt war, äußerte ich, dass ich mich doch bereits um seine „Kleinigkeit" gekümmert hätte, was uns beiden wieder ein Lächeln ins Gesicht kommen ließ. Er lobte meine Schlagfertigkeit und rief dann, über sein Telefon, einen Kollegen zu sich, den er mir alsbald, als seinen Sohn Torben vorstellte. Dieser war etwa 20 Jahre alt, 1,70 Meter groß, trug eine kleine runde Sonnenbrille und war stark übergewichtig. Er hatte bereits eine Halbglatze und sein Anzug passte ihm hinten und vorne nicht. Kurz um, er war ein komischer Kauz, mit dem man eigentlich nur etwas zu tun haben wollte, wenn man entweder auf eine Convention ging oder irgendwelche Probleme mit dem Computer hatte. Ich weiß, dass dies ziemlich vorurteilsbehaftet klingt, aber so bin ich nun einmal und genau dies, dachte ich, als ich diesen Kerl das erste Mal erblickte.

»Sie erinnern sich doch bestimmt noch an unser letztes Treffen, Fräulein de Angelo?«, begann der Vater.

»Oh ja! Sehr gut sogar!«, äußerte ich.

»Dann werden Sie sich ja bestimmt noch daran erinnern, dass Sie es absolut nicht wollten, dass ich Ihren Vater oder meinen Neffen über ihren aufgenommenen Kredit informiere.«

Ich nickte.

»Nun, wie ich Ihnen bereits das letzte Mal mitteilte, bin ich der Meinung, dass Sie eine sehr attraktive Frau sind, die, wie ich bei unserem vergangenen Treffen erfahren durfte, auch noch gewisse andere Vorzüge besitzt, und in eben diesen Genuss, Ihrer anderen Vorzüge, würde ich meinen Sohn Torben gerne kommen lassen – Sie verstehen?«

Ich schüttelte den Kopf und schaute zu Torben, der mich mit demselben blöden Grinsen ansah, wie sein Vater.

»Dann werde ich Ihrem Intellekt eben eine kleine Starthilfe geben müssen!«, erklärte er überheblich und öffnete den braunen Umschlag.

Er holte daraus die Fotos hervor, die er letztens mit seinem Handy gemacht hatte, und hielt sie mir entgegen. Dann zeigte er mir den Adressaufkleber auf dem Umschlag, der mit der Anschrift der Firma meines Vaters bedruckt war. Daraufhin ging er zu einer Klappe an der Wand und erklärte mir, dass dies die Hauspostanlage wäre, und wenn sich der Umschlag erst einmal dort drin befinden würde, gäbe es kein zurück mehr.

Ich hielt ihm entgegen, dass ich einen gültigen Vertrag hätte, und dass es ihn seinen Job kosten würde, wenn er mich weiterhin erpresste und diese Tat selbst öffentlich machen würde.

Natürlich kam ihm wieder das typische Grinsen ins Gesicht und er sagte:

»Wer soll das denn öffentlich machen, Fräulein de Angelo? Ihr Vater? Sie? Wollen Sie etwa, dass sich die Presse mit Ihnen beschäftigt? Wo Sie doch jetzt diesen tollen neuen Job, bei dieser großen Softwarefirma haben! Vergessen Sie nicht, weshalb Sie diesen Kredit aufgenommen haben. Wollen Sie wirklich, dass das alles ans Tageslicht kommt?«

Ich hörte mir an, was er sagte und im ersten Moment erschien es mir logisch. Obwohl er mich erpresste und obwohl er hier der Böse war, konnte ich ihm nichts anhaben.

»Sie übergeben mir dann aber die Fotos und die Negative!«, forderte ich, während Torben bereits anfing sich zu entkleiden.

»Welche Negative?«, fragte der Vater, »Es gibt keine Negative. Ich hatte die Fotos, die ich mit meinem Handy geschossen hatte, an meine E-Mail-Adresse gesendet, bevor Sie diese gelöscht hatten! Es gibt keine Negative. Nur eine Datei, die diese Bilder enthält!«

»Dann löschen Sie eben diese Datei!«

»Ich verspreche Ihnen diese Datei zu löschen!«, erklärte er grinsend und mir wurde sofort bewusst, dass es davon wohl mehrere geben musste.

Da war mir dieser Dreckskerl doch schon wieder einen Schritt voraus. In diesem Moment trat Torben vor mich und hielt mir seinen Penis entgegen. Ich wollte aufstehen, aber der dicke Mann drückte mich nach unten auf den Stuhl. Dann kam sein Vater und stellte sich hinter mich. Ich sah zu ihm auf. So erschien er mir gleich nochmal so groß. Was war er doch für ein Mann!

»Na los! Machen Sie schon, Fräulein de Angelo! Zeigen Sie meinem Sohn die Liebe!«, forderte er.

Da war der Typ also noch Jungfrau. Hätte ich mir ja denken können.

Der ältere Bänker packte die Fotos nun über meinem Kopf in den Umschlag und legte eine CD hinzu. Ich beobachtete dies. Anscheinend wollte er, dass ich glaubte, dass dies die einzigen Kopien waren, die existierten. Danach öffnete er den Reißverschluss meiner Tasche und hielt den Umschlag darüber. Als ich mich nun dem Genital seines Sohnes näherte, legte er die Unterlagen in meine Tasche – ohne diese jedoch loszulassen. Ich blickte den Vater weiterhin an und dann berührte meine Zunge, den Amigo des Jungen. Ich wendete meinen Kopf nun dem Unterleib des dicken Twens zu und begann damit, an seinem Liebesstab zu saugen. Sofort stöhnte mein Gegenüber, als würden ihn zehn junge Latinas gleichzeitig bearbeiten. Ich musste grinsen und aufpassen, dass ich mich nicht verschluckte, da mir etwas Speichel in den Rachen lief.

Als ich dann so richtig bei der Sache war, und Torben jeden Feueralarm übertönt hätte, konnte ich hören, dass sein Vater meine Tasche verschloss, und durch meine Augenwinkel konnte ich erkennen, dass seine Hände leer waren, er den Umschlag also in meinem Beutel verschwinden ließ. Dann berührte der große Mann meine Haare und streichelte mir über den Kopf. Nach einer Weile zog er mir das T-Shirt aus und da ich keinen BH trug, begann er direkt mit meinem Busen zu spielen.

Der Amigo meines Vordermannes stand nun wie eine Eins und es dauerte gar nicht lange, bis er mir seinen Freudensaft ins Gesicht spritzte.

Der Höhepunkt des Kerlchens war eine Nummer für sich. Noch nie zuvor hatte ich jemanden dermaßen zum Himmel hoch jauchzend Stöhnen und Schreien hören, während er seinen großen Moment hatte. Diese Laute mussten einfach von den anderen Mitarbeitern, die in der unmittelbaren Nähe dieses Büros arbeiteten, gehört werden.

Dann fiel mir allerdings ein, dass ich ja erst um 16 Uhr einen Termin hatte, und dass diese Bankfiliale mittwochs bereits um 14 Uhr schloss, was zwangsläufig bedeutete, dass ich mit den beiden Männern alleine war.

Als sich Torben zurückzog, sah ich zu seinem Vater auf, der mir über den Kopf streichelte und mir sagte, dass ich jetzt wieder nach Hause gehen könnte.

Dies kam mir seltsam vor. Wollte er mich denn gar nicht nehmen? Sollte ich nur diese eine Sache mit seinem Sohn machen? Ich fand es seltsam, dass ich keinen GV mit ihm haben sollte.

Ich griff mir jedenfalls meine Tasche, nahm den Umschlag hervor und schaute hinein. Es waren die Bilder, die er mir zeigte, und die CD darin. Des weiteren aber noch ein Briefumschlag, der ein Schreiben enthielt, auf dem stand, dass ich am nächsten Freitag um 16 Uhr einen weiteren Termin bei Vater und Sohn hätte.

Ich sah die beiden Männer an und sie grinsten. In diesem Moment hatte ich einen der größten Geistesblitze meines Lebens. Ich grinste zurück, stand auf und verabschiedete mich auf bald.

Kurz bevor ich die Bank verließ, wischte ich mir das weiße Zeug aus dem Gesicht und ging dann zu einem anderen Geldinstitut, das mittwochs um diese Zeit noch geöffnet hatte. Ich teilte dem Sachbearbeiter mit, dass ich einen sehr gut dotierten, zwei Jahre laufenden Arbeitsvertrag hätte, und so bewilligte mir diese Bank einen Kredit, der genau so hoch war, wie der, den ich bei Michaels Onkel abgeschlossen hatte.

Am nächsten Tag ging ich erneut zu meiner neuen Kreditanstalt und übergab dem

zuständigen Mann eine Kopie meines Arbeitsvertrages, und dieser überwies noch in derselben Stunde das Geld zur Erfüllung meines Kredits an die andere Bank.
Von Michaels Onkel und seinem fetten Sohn hatte ich nie wieder etwas gehört.